Como se fosse um monstro

Fabiane Guimarães

Como se fosse um monstro

Copyright © 2023 by Fabiane Guimarães

Grafia atualizada segundo o Acordo Ortográfico da Língua Portuguesa de 1990, que entrou em vigor no Brasil em 2009.

Capa
Alles Blau

Imagem de capa
Mulher Léger, 2016, de Marcelo Cipis. Óleo sobre tela, 123 x 97 cm.
Reprodução de Edson Kumasaka.

Preparação
Cristina Yamazaki

Revisão
Jane Pessoa
Aminah Haman

Os personagens e as situações desta obra são reais apenas no universo da ficção; não se referem a pessoas e fatos concretos, e não emitem opinião sobre eles.

Dados Internacionais de Catalogação na Publicação (CIP)
(Câmara Brasileira do Livro, SP, Brasil)

>Guimarães, Fabiane
> Como se fosse um monstro / Fabiane Guimarães. —
>1ª ed. — Rio de Janeiro : Alfaguara, 2023.
>
> ISBN 978-85-5652-166-8
>
> 1. Ficção brasileira I. Título.

22-137144   CDD-B869.3

Índice para catálogo sistemático:
1. Ficção : Literatura brasileira   B869.3
Aline Graziele Benitez – Bibliotecária – CRB-1/3129

Todos os direitos desta edição reservados à
EDITORA SCHWARCZ S.A.
Praça Floriano, 19, sala 3001 — Cinelândia
20031-050 — Rio de Janeiro — RJ
Telefone: (21) 3993-7510
www.companhiadasletras.com.br
www.blogdacompanhia.com.br
facebook.com/editora.alfaguara
instagram.com/editora_alfaguara
twitter.com/alfaguara_br

Para Anne Guimarães

E o que quer que eu faça
vai se transformar para sempre
naquilo que fiz.

Wisława Szymborska

1

Damiana sorria com as mãos na boca. É que meus dentes não são bons, nunca foram, e cansei de tentar arrumar, explicou já ao abrir a porta. Andava encolhida e devagarzinho, feito um passarinho, e logo foi apresentando a casa para Gabriela se ambientar. A sala era dominada por anjinhos de porcelana, enfeites de vidro, tapetes de crochê e vasos de cerâmica, e era preciso desviar com cuidado para não esbarrar em nenhuma memória. Ela perguntou se a menina queria uma água, se a viagem tinha sido boa, se não precisava descansar antes. Estou bem, Gabriela avisou, e quase pediu que ela levantasse a cortina de dedos. Quando falava daquela forma, dava a impressão de abafar um segredo, e era muito estranho ver seu rosto pela metade no cômodo escuro e cheio de bibelôs.

— Você não vai tirar foto, né? — ela perguntou, preocupada, analisando a mochila pesada que Gabriela trazia às costas. A jornalista sacudiu a cabeça. Não era esse tipo de reportagem.

— Que bom. Não gosto de foto — suspirou, antes de enfim baixar a mão.

Gabriela a examinou atentamente, detendo-se nos olhinhos rasgados, no cabelo grisalho que crescia em redemoinhos e na pele marrom e crispada de sol como se esperasse identificar aquela marca de reconhecimento das pessoas famosas ou muito vistas. Mas se decepcionou. Damiana era uma estranha de rosto ordinário. Não entregava nem a metade dos seus mistérios.

A jornalista foi explicando que fariam a entrevista em duas partes. Naquela primeira conversa, usaria apenas um gravador e anotaria algumas coisas. Depois, nos próximos encontros, refinariam o depoimento. "O que eu quero, Damiana, é ouvir a sua história com o máximo de detalhes possível", resumiu, como tinha feito ao telefone. "Quero saber de tudo."

— Você não quer saber de tudo, *fia*. Você não tem estômago — Damiana respondeu.

A repórter ficou calada. Não havia como se defender, porque a verdade é que ela não tinha muita fibra, muito menos coragem, e seu estômago não comportava nem mesmo os próprios traumas.

Enquanto se instalavam, uma velhinha negra e corcunda apareceu, trazendo uma bandeja com café, biscoitos de queijo e rapadura. Deixou ali, sem falar nada, e saiu correndo, quase como se tivesse medo da visita. Três vira-latas vieram junto, esfregando o focinho úmido no colo de Gabriela em busca de farelos. Ela fez o carinho obrigatório nos cachorros, aproveitando para respirar um pouco. Uma enorme janela revelava o quintal e era possível ouvir de longe a algazarra dos patos e das galinhas-d'angola.

Damiana preferiu começar por ali, a terra de onde nunca tinha saído e onde provavelmente queria morrer. Aquele era o mesmo horizonte empoeirado e sujo onde, no passado, costumava fuçar entre as pedras com uma fome de vento, crescendo selvagem e livre. Naquele mesmo quintal, fazia bonecas de espigas de milho, brincava com as irmãs mais novas — eram oito delas —, caçava coelhos e saltava os córregos, desafiando as leis físicas da tristeza.

— Tudo que eu queria, depois de mocinha, era ser alguém — Damiana confessou, dando um gole no café. — Alguém que tivesse as coisas, sabe.

— Então você aceitou fazer de tudo.

Ela segurou a mão de Gabriela bruscamente. Tinha um toque áspero, como uma árvore.

— Você tem que entender. Naquele tempo, mulher aqui nascia e morria pra isso.

Ela apontou para a própria barriga flácida, o saco de carne aposentado de seu ofício como mula da felicidade alheia.

— Minha avó teve vinte meninos. Metade morreu no meio do caminho. Você nem imagina.

Gabriela queria dizer que imaginava, sim, mas ficou calada, porque não sabia nada sobre mulheres que fabricavam crianças. Pediu que Damiana continuasse, porque esse era o propósito de sua visita. Ouvi-la, conhecer do que era feita, para logo depois transcrever a sua história em um livro. *Coisa chique*, ela disse. *Um livro.* Depois, acrescentou: *A primeira mulher gostava de ler.*

Gabriela ligou o gravador, discretamente posicionado na borda da mesa, sentindo-se muito importante na posição de biógrafa, ansiosa para conhecer a história pela qual tinha esperado tanto tempo para escutar.

Damiana fechou os olhos, como se conseguisse recordar melhor no escuro.

— A verdade é que eu tinha talento pra ser égua parideira — começou.

2

Éguas parideiras de pelagem curta que eram montadas pelas costas e depois pariam em pé, deixando um rastro de sangue e vísceras na palha do curral, pouco antes de serem vendidas. Que eram, de merecimento, tão valiosas, mas tinham os olhos mais tristes entre todos os animais que morriam.

Na roça, Damiana existia para ajudar a mãe a bater roupa, a varrer a casa, com um temperamento mais dócil que os das irmãs, até meio boba. Ainda não tinha ideias sobre ser gente, e naquele lugar perdido no tempo e no espaço, ninguém fazia questão de explicar. Não pensava em se tornar qualquer coisa, nem mesmo em crescer. Suas ideias de futuro eram vagas, imprecisas. Em suas brincadeiras solitárias, às vezes gostava de imaginar a si mesma como a metade perdida de outra pessoa. Uma pessoa que um dia a encontraria e diria, enfim, quem eram as duas.

A ruptura de seu universo mutilado aconteceu com a visita da prima Rose. Não era uma prima de verdade: o tio, agora falecido, tinha se juntado com uma mulher cheia de filhos próprios e Rosimara calhara de vir no pacote, uma parente por impasses de nomenclatura. Os olhos de Damiana foram batendo na moça recém-chegada e logo se derreteram pelas roupas mínimas que descortinavam o umbigo e o cabelo descolorido. Admirou as unhas pintadas com esmalte, os brincos reluzentes e os lábios brilhando com uma cola luminosa. Damiana, que nessa vida só tinha visto mulheres cinzentas, cansadas e corcundas do trabalho interminável, achou que aquela era uma atração de outro mundo. Uma mulher que pudesse ser assim tão bonita.

Nos poucos dias em que a visitante permaneceu na roça, trazendo indisposições, reclamando favores e xícaras de café, Damiana a acompanhava a uma distância respeitosa. Rosimara gostava de folhear revistas de fofoca e de passar o tempo empoleirada no pé de goiaba. *Me ajuda a descer daqui, menininha*, pedia quando estava cansada. Prontamente, Damiana oferecia as costas como escada.

Rosimara foi a primeira a enxergar alguma coisa em Damiana. Entediada com o horizonte ressecado e o tempo que parecia se esfarelar contra as nuvens, logo se voltou para a distração improvável de estudar a menina. *Tinha quantos anos mesmo?* Não sabia direito. *Mas já sangrava?* Sim, senhora, tem tempo.

A prima, invadida por estímulos misteriosos, passou a analisar os cabelos encaracolados e negros de Damiana, que caíam embaraçados por falta de corte. Circundou com os dedos suaves e um muxoxo de reprovação as sobrancelhas peludas, chegou até a analisar suas gengivas, mas apertou-lhe as bochechas como se enxergasse nos olhinhos de besouro qualquer coisa valiosa.

— Esses dentes encavalados são um horror, mas você até que é bonitinha — decretou.

Naquela época, Damiana usou batom pela primeira vez. A prima a ensinou a passar, lambuzando o dedo com a pasta rosada que vinha em um potinho de maçã mas tinha cheiro de morango. Desajeitada, rodeou a curva da própria boca. Mostrando o resultado em um espelhinho de bolso que carregava para todo lado, Rose bateu palmas de aprovação e disse que tinha ficado muito bom. O coração de Damiana pesou de alegria pelo resto do dia enquanto executava as tarefas com os lábios carimbados, secretamente apaixonada por si mesma.

Rose chegou logo após a morte do pai de Damiana. Estava ali para ajudar, explicou. A menina não via utilidade na presença da prima, com sua peregrinação inquieta e o tédio permanente, mas talvez a ajuda tivesse a ver com dinheiro. Damiana sabia muito pouco sobre o pai e quase nada sentiu quando ele morreu. Exceto pelo suor escuro que deixava em manchas nas camisas, pelo cheiro de cachaça e pela forma como parecia sempre cheio de ódio, ela não conseguia se lembrar de muita coisa. Sem lágrimas, tinha ajudado a mãe a organizar um velório esvaziado e rápido no quintal, envolvendo o cadáver em uma mortalha improvisada para depois guardá-lo em um caixote de papelão. Era tão acostumada ao silêncio e à ausência de explicações que não perguntou a ninguém, em momento algum, como o pai tinha morrido.

A morte, pelo visto, fora violenta. Um homem cravado de balas em uma encruzilhada era um infortúnio cercado de mistérios, mistérios que todos reconheciam. Algumas dívidas só são pagas com motivos, sussurravam os visitantes solenes e apressados, que faziam o sinal da cruz e prestavam suas homenagens com medo do morto. A mãe de Damiana tampouco chorava a perda. Parecia apenas aflita, com aquele tanto de menina para sustentar, abraçada ao próprio corpo como se temesse vacilar as pernas. Era amparada por Rosimara, a heroica prima Rosimara, que parecia muito feliz em ocupar o papel de suporte emocional.

Enquanto socorria a família adotada com sua própria afetação e pouco movimento, Rose ia despejando conversa fiada. Várias vezes, sem que ninguém pedisse, contava a Damiana coisas sobre o lugar onde morava.

— É uma cidade chique e bonita, porque é onde o presidente mora — dizia.

— Eu quero ir pra lá — a menina arriscou dizer, de supetão, um dia.

— Se quer ir mesmo, eu te arrumo um serviço.

Rose foi embora sem revelar a que veio, no fim das contas, mas não por muito tempo. A mãe não se opôs à ideia quando, algumas semanas depois, a prima voltou para avisar que tinha conseguido uma oferta de trabalho numa casa de família. Um trabalho para Damiana. Eram tempos duros, a morte do pai causava atropelos e uma escassez que as consumia até os ossos. Já fazia vários dias que só comiam um ralo mingau de milho e as irmãs berravam de dor e frustração.

— Você vai — a mãe decretou, quase feliz, embalando as roupas em trouxinhas de pano. — Vai e ganha um dinheiro pra nós.

Com a orientação de Rose e o medo crescendo em calos na barriga, Damiana foi.

3

Entrou sozinha no primeiro ônibus da madrugada, com cheiro de óleo diesel e estofado molhado, e viajou por duas horas. Dormitava, a cabeça batendo de levinho no vidro, e várias vezes acordou assustada com a sombra das árvores que passavam feito fantasmas cheios de dedos rasgando o acostamento. Ela ainda era um pouco criança, e tinha medo.

Já era dia claro nas planícies de Brasília quando por fim o motorista estacionou e anunciou a última parada. Damiana desceu do ônibus com as pernas dormentes, sentindo-se desorientada. Pediu informações para o rapaz do guichê e subiu até o primeiro andar da rodoviária do Plano Piloto, como a prima instruíra, evitando especialmente a escada rolante e seus apavorantes degraus que se mexiam. Não esperava silêncio, mas se surpreendeu com a ausência do caos alardeado por Rose. A primeira impressão foi de que estava diante de uma cidade aos pedaços. De seu tímido ponto de vista, no topo da plataforma principal, a vastidão das largas avenidas desertas e o imperioso Conjunto Nacional, com sua fachada brilhante, eram a pura imagem do vazio. Quase sentiu conforto, era um vazio que ela entendia.

Rose, aliás, cumpriu sua parte da promessa e veio buscá-la em pessoa, trazendo como boas-vindas um pastel de carne engordurado que Damiana comeu com pressa e desespero. Embarcaram em outro ônibus menor, na companhia de trabalhadores com rosto impassível. A luz era estranhamente branca, filtrada pelo véu azulado do céu, e cegava as vistas.

Desembarcaram em um bairro nobre onde os muros eram feitos de plantas. Com os olhos arregalados, Damiana admirou o requinte, os portões de ferro cromado e as paredes de pedra polida, todos arranjos de uma arquitetura alienígena. Naquele exato momento, enquanto Rose tocava a campainha de uma daquelas mansões, percebeu que estava muito longe de casa, tão longe que talvez não soubesse mais voltar.

A dona que atendeu a porta, sua futura patroa, parecia ter sido esculpida em uma moita de algodão. De tão branca, a pele chegava a refletir o sol, e era também muito magra. Parecia desmantelar ao toque. Damiana não a achou bonita como Rose, mas gostou do roupão que ela vestia. Achou fino.

Ela se apresentou como Daniela. Ao ouvir o nome da menina, sorriu olhando para o chão.

— Damiana e Daniela. Quase uma dupla sertaneja. Mas eu não sei cantar.

De cara, dava para ver que a patroa não batia bem da cabeça. Tinha um jeito engraçado de falar e andava descalça. Talvez por isso precisasse de ajuda para as coisas óbvias, que a poeira não desaparecia dos móveis só de olhar. A patroa mostrou as dependências que necessitavam de limpeza, tudo muito silencioso e discreto, como uma mansão de segredos.

— Vamos pagar bem, mas você precisa ficar para dormir — avisou, concluindo o tour na sala de estar enorme e quadrada, com móveis de madeira escura. Um grande janelão de vidro deixava testemunhar, aos fundos do quintal, os reflexos da borda luminosa do lago Paranoá.

Daniela contou a Damiana que era atriz. Na verdade não tinha nenhum trabalho relevante de atuação, mas estava empenhada. O marido a apoiava, mas não parecia gostar quando ela desaparecia dentro das taças de vinho, buscando inspiração, e se esquecia da vida real. Não era exatamente boa com as tarefas domésticas. Nem era exigente. Ela não pedia grandes concessões, exceto que ficasse ali lhe fazendo companhia, como uma amiga — mas também limpasse as coisas.

Tinha um sotaque diferente, parecia estrangeiro, mas Damiana ficou com vergonha de perguntar de onde vinha. O salário era bom. Para ela, uma menina do meio do mato, era mais do que o suficiente para se cobrir de conforto e ainda enviar a maior parte à mãe. Além disso, teria os domingos livres para fazer o que bem entendesse. Só não podia trazer convidados. Rapazes.

— Tivemos problema com a nossa empregada anterior, sabe.

Ao menor olhar culpado da prima, Damiana entendeu tudo. Depois de alguns minutos de conversa, até pareceu gostar daquela patroa com cabeça enluarada. Ela gentilmente ofereceu biscoitos de uma lata e falou, muito delicada, sobre o marido. Érico, arquiteto e professor universitário. Rico e um pouquinho vaidoso. Mas uma pessoa de coração largo, como são os maridos que valem a pena.

Damiana, que poderia começar quando a patroa quisesse, explicou que não tinha para onde ir e que, se possível, começava naquele dia mesmo. Achou que fosse espantar d. Daniela e seus modos extravagantes. Quase pediu desculpas pela própria falta de rumo, abraçando a trouxinha com as únicas roupas que tinha. Aquela, contudo, era mesmo uma casa estranha, de um casal estranho. Daniela disse que sim, claro que podia começar, mas não hoje. Amanhã. Hoje, descansariam todos.

O quarto reservado a Damiana ficava entrincheirado nos fundos da casa e era pequeno mas confortável. Havia uma cama, uma pequena cômoda para que guardasse seus pertences, um espelho oval e um banheiro anexo. D. Daniela deixou em cima da cômoda dois exemplares do uniforme que a menina teria que usar dali em diante, um conjunto azul-marinho com rendas brancas, um pouco grande para o seu tamanho. Na prateleira do chuveiro, descobriu uma pequena variedade de cremes para cabelo em sachês. O chuveiro, aliás, não esquentava bem. Ela demorou a entender que nasciam da parede duas torneiras, e acontece que aquele povo rico gostava de temperar a água manualmente. Aprendeu a abrir a torneira certa, mas sempre se queimava, empesteando o ar com o bafo quente do vapor. Quando conseguiu se lavar direito sentiu-se bem, aquecida, escaldada por dentro.

Decidiu ficar reclusa atrás daquela porta, impressionada com o silêncio apavorante. Todos os sons da rua, do mundo, eram filtrados pelas grossas paredes e mal chegavam aos seus ouvidos. Pela primeira vez desde que estava fora de casa, sentiu-se protegida. Deitou na cama pequena, ela que nunca havia tido uma cama só para si. Abriu as pernas e os braços, esparramando-se no colchão usado. Aquela liberdade mínima parecia custar o preço do confinamento.

Refém de um cochilo que atravessou o dia, Damiana foi despertada com um leve arrepio pela voz trêmula de d. Daniela, que veio bater na porta e convidá-la para o jantar. Um jantar meio vagabundo, comida congelada requentada, que ainda assim a menina achou maravilhoso. As duas comeram à meia-luz da cozinha, alternando garfadas com sorrisos constrangidos. Daniela perguntou se a moça por acaso não queria um gole de vinho. Que audácia: Damiana aceitou. Depois quis cuspir o líquido azedo e quente, que fazia comprimir a goela e não era, de jeito nenhum, como os vinhos de garrafão que o pai costumava guardar na despensa, doces feito melado.

Após raspar e abocanhar um restinho de comida grudado no prato, a crosta fria e borrachuda do queijo adocicando o gosto do vinho, Damiana disse que lavaria a louça, ao que Daniela não questionou, ou simplesmente não ouviu. Com suas orelhas de gato, estava ocupada sentindo alguém se aproximar. Levaria algum tempo até a menina conseguir entender melhor aquele comportamento da patroa. Como se tivesse um sentido extra, para além das impressões humanas, às vezes Daniela se empertigava toda, acorria à janela, roendo as unhas, e coincidia de estar vindo uma visita ou de o carteiro empurrar envelopes na caixinha. Pressentia a aproximação alheia na pele, um dia explicou. Era uma sensitiva de visitas, prevendo o menor movimento dos outros no espaço, apenas a fim de evitá-los.

Naquela noite quem chegava era Érico, seu marido. Vinha pela porta dos fundos. Quando surgiu na cozinha, um pouco desleixado e trôpego porque tinha passado antes no bar para beber com uns amigos, a primeira coisa que Damiana pensou é que não sabia se o doutor era um homem bonito de verdade ou se só causava impressão. Era um sujeito pequeno, com uma barriga sobressalente a se insinuar na camisa e um tufo de cabelos pretos, muito pretos; tinha alguma coisa que despertava estranhamento. Talvez fosse o sorriso maníaco, muito branco e aberto. Ou talvez os olhos escuros, que se fixavam nos outros sem piscar.

— Então você é a menina nova.

Damiana ficou desconfortável, tentou terminar de ensaboar os pratos correndo, mas o dr. Érico já se aproximava de um jeito predatório, farejando alguma coisa.

— A Daniela te contratou assim mesmo, sem nenhuma referência? — perguntou. Não parecia um sujeito cético, nem preocupado com as rotinas domésticas. Só queria espezinhá-la.

— A Rose que indicou — defendeu a patroa.

Rárá. A risada dele era irônica e saía pelo nariz.

— Rose. Que grande juízo tem a Rose.

Se Damiana tinha ou não referências, se Daniela estava certa ou não em contratá-la, ele não fez mais observações; ali mesmo na cozinha tirou os sapatos, e para Damiana aquilo parecia uma espécie de coisa que os ricos faziam e que a gente dela, que era pobre, jamais faria. Aquela coisa de se largar em qualquer lugar, de deixar as meias suadas e sujas repousando nos ladrilhos da cozinha. Pois assim ficaram, depois que ele desapareceu no corredor sem mais dizer palavra e a mulher, cheia de adoração, como as mulheres tolas, o seguiu. Ficaram, enfim, a sós. Damiana, a louça ensaboada e os sapatos do dr. Érico. Ao ajeitar o último prato brilhando no escorredor, ela se abaixou e catou as meias, depois os sapatos, que fediam.

Deixou-os no tanque e prometeu que limparia tudo no dia seguinte — mas não limparia porque, ao menor sinal da alvorada, eles haviam desaparecido de lá.

4

Se havia uma constatação a ser feita, logo nas primeiras e solitárias semanas de trabalho, era que o casal não tinha muito apego à higiene. A mãe de Damiana, que era toda correta com as coisas de limpeza, ficaria abismada. Havia cracas na janela do banheiro; os ralos das pias pareciam um buraco negro a sugar cabelos e pedaços de unhas; ninguém lavava a mão antes ou depois das refeições; e uma poeira densa cobria todos os utensílios da casa. Debaixo das camas havia teias de aranha e as roupas tinham um cheiro de suor guardado, porque era comum voltar a usá-las sem passar pelo tanque. Também incomodava o hábito de d. Daniela de se esticar toda no jardim, sem sapatos e sem toalha. Dizia para Damiana que estava fazendo i-ó-ga, mas parecia que tirava espírito do corpo e voltava com os pés cheios de terra, espalhando pedacinhos minúsculos de grama pela sala que a menina tinha acabado de limpar.

Se por um lado o serviço era assim pesado e as noites intranquilas, porque dormir naquela casa de silêncios passou a ser uma coisa bastante complicada pela estranheza de não ouvir as pessoas e nem os bichos, Damiana se afeiçoou às maneiras do casal logo no primeiro mês. Eram generosos, de forma que pagaram seu primeiro salário integralmente, mesmo sem ter o mês fechado. Sempre insistiam para que ela jantasse na mesa com os dois, mesmo quando estavam em casa ao mesmo tempo, e ofereciam taças de vinho que ela recusava. Além disso, se percebiam que Damiana estava muito cansada de se ajoelhar para limpar o espaço entre um piso e outro, aquelas brechinhas para onde deslizava toda sorte de nojeiras, a liberavam por um dia inteiro ou mais. Dias que ela passava longe da casa, zanzando pelas quadras, impressionada com os telhados altos, e se o tempo estivesse bom até comprava um sorvete.

Apesar da primeira impressão, Damiana podia ver que o dr. Érico era amável. Maluco, como a esposa, e às vezes acordava gritando, mas era um patrão muito bom, honesto. Gostava de saber da vida de Damiana, quantos anos tinha, o que fazia lá na chácara da mãe, quem eram suas irmãs. Se tinha namorado. O que pretendia fazer com o dinheiro que ganhava. Sempre oferecia conselhos. Dizia que ela precisava fazer uma poupança. Era bom não gastar tudo com roupa nem mandar muito para a roça, e devia ficar assim mesmo, sem namorado, porque homem não prestava.

Então, ria. Aquele riso alto e boçal, de quando tornava a ser esquisito, mas só até voltar à posição paternal e dócil. Como um cachorro de madame que às vezes trocava de pele. E que às vezes mordia.

Não demorou muito até a prima Rose, agora com o cabelo alisado e pintado de vermelho-fogo, aparecer por lá para conferir a situação. Vinha cobrar uns extras de faxinas que tinha feito e que d. Daniela parecia não lembrar, pois não achava natural cobrar depois de tanto tempo, mas acabou pagando, porque não era dada a conflitos. Damiana teve certeza de que Rose, que soltou uma risadinha ao guardar o cheque no decote, havia inventado a dívida.

Com seu jeito de raposa, a prima veio fazer hora no jardim enquanto Damiana pescava folhas da piscina. Um baita trabalho ingrato, mas que tinha que repetir todos os dias, porque o dr. Érico gostava de ver o azul da piscina lá de cima de sua janela quando acordava e não suportava aquele azul tão lindo manchado de castanho e verde. As folhas, coitadas, se afogavam todas as noites porque ele também não tolerava a ideia de cobrir a piscina, nem de mandar podar a mangueira.

— O que você está achando deles? — Rosimara perguntou, tomando golinhos de um copo de limonada que tinha pegado da geladeira com toda a liberdade. — Doidos de pedra, não são?

— Não acho — Damiana ponderou, com timidez.

— Talvez você seja doida também, menininha.

Tendo quase deslocado o ombro ao pescar a última folha, Damiana soltou um resmungo. A presença de Rosimara, agora, começava a enfastiá-la. A prima agia como se fosse visita. Esticava as pernas na cadeira de tomar sol, toda à vontade. Damiana teve vergonha.

— Eles já te falaram sobre o negócio deles? — ela cutucou.

— Que negócio?

— Então não falaram.

Um sorrisinho malicioso. Um salto da cadeira de tomar sol de d. Daniela. Endireitando-se nas sandálias plataforma, Rose não deu mais assunto. Damiana também não insistiu. Até pareceu gostar quando viu que ela ia embora. Recolheu o copo vazio e entrou, agora que as folhas estavam todas pescadas. Encontrou d. Daniela parada feito múmia em frente à janela: não encontrava rumo na vida, e quando ficava ali em pé parecia carregar uma grande tristeza dentro de si, uma tristeza imprestável, que não valia nem um poema. Damiana tinha pena dela. Se pudesse voltar atrás e responder à prima, diria: *A verdade é que acho que eles são tristes de dar dó.*

5

Quando descobriu que Damiana não sabia ler, e que queria poder desvendar aquele mundo que se desenrolava nas páginas dos livros, os olhos fundos de Daniela se iluminaram feito dois faróis de praia. Desapareceu no cômodo da casa que fazia as vezes de escritório e saiu de lá com uma pilha de cadernos de espiral nos braços, contaminada por um entusiasmo inédito. Parecia que aquilo poderia ser o sentido de vida que procurava. Ensinar a Damiana o caminho das letras. Ela que gostava tanto de ler. Sim, era algo muito importante, não podia ser adiado.

Começaram pelo básico, pelo menos uma hora ao dia, todos os dias. Em um quadrinho de giz improvisado, d. Daniela foi escrevendo palavras simples para Damiana copiar no caderno, uma sílaba de cada vez. O lápis tremulava na mão quando a aluna começava a riscar o papel. Ga-to. Ra-to. Pa-to. Sa-po. Daniela era professora rígida, pedia que ela atentasse também à caligrafia e respeitasse a margem do caderno. No começo as letras saíam tortas, um pouco mutiladas, depois se assentaram. A patroa, ao fim da lição, corrigia todos os deveres, circulando e deixando marcações sobre as coisas que Damiana errava.

A princípio, o dr. Érico pareceu aprovar, até se divertir, com a nova atividade da esposa. Vinha observar as aulas, ou o fim delas, sacudindo a cabeça e aplaudindo de um jeito que poderia soar sarcástico se Damiana reconhecesse a falsidade. *Olha só*, dizia, com um tom de quem não via nada digno de ser olhado. A menina nunca descuidou da limpeza, apesar de as lições tomarem cada vez mais tempo e entusiasmo. Não queria dar margem para broncas.

Foram quase três meses de aulas na sala improvisada antes que as coisas mudassem. Daniela, empolgada, comprava mais cartilhas e fazia planos de expandir o currículo. Veio com uma conversa de que talvez sua verdadeira vocação fosse a pedagogia, e quem sabe poderia fazer uma faculdade de letras. Damiana incentivava, porque era verdade que a mulher sabia ensinar.

A seriedade da esposa, no entanto, incomodou Érico. Foi ali que o humor do patrão começou a sombrear de vez, uma mudança perceptível e alimentada por ruídos. Ele passou a fazer comentários ácidos, um tanto perturbadores, coisa de quem se incomoda com algo mas não quer dizer o quê. Um dia chegou bêbado, invadiu o espaço reservado à escola improvisada e derrubou o quadrinho de giz. Quase o quebrou em dois. Damiana não entendeu.

Não gostava de se meter na vida do casal, mas aquela conversa que se seguiu à explosão fez questão de bisbilhotar, pela porta entreaberta, enquanto passava pano na sala, juntando os cacos de vidro do jarro de flores que, com a violência, também havia se partido. Daniela, com sua voz vagarosa, também não parecia compreender a origem daquela fúria injustificada contra objetos inanimados. Só que o problema não eram os objetos.

— A questão é que você sabe muito bem o que está fazendo — o doutor rosnava.

— Como assim? — pontuava d. Daniela.

— Você está gastando tempo. Um tempo que nós não temos. Ocupada com essas ideias.

Silêncio. Um silêncio disforme, gordo, equivocado. Inchou e veio deslizando pelo corredor, trazendo notícias do agouro a Damiana, que cortou a mão ao apanhar os cacos de vidro. Se conseguisse dar nome aos próprios sentimentos, poderia ter chorado. Mas ainda não era essa pessoa. Ainda nem sabia sofrer.

Daniela recolheu o quadro, os cadernos, a caixa de giz e, sorrindo friamente, pediu à menina que não a incomodasse. Foi a primeira mágoa que sentiu dos patrões. Uma mágoa rejeitada, obviamente, porque não se sentia no direito de reivindicar atenção. De qualquer forma, já havia aprendido muito, repetia para si mesma no quarto, com o caderno de caligrafia apoiado nos joelhos. Praticava sozinha. Repassava os exercícios dos livros doados pela patroa, apagava as respostas, refazia a letra.

A rotina da casa sofreu outras mudanças depois do fim das aulas. É que logo começaram as visitas, aguardadas com aflição pelo casal. Sempre moças, que chegavam ressabiadas e Damiana levava para a sala de estar nunca usada, refugiando-se em seguida na cozinha; a ordem era não escutar. Se as mulheres que apareciam não fossem tão elegantes e bonitas, a menina desconfiaria que seriam possíveis substitutas. Que estava para perder o emprego.

Aquelas entrevistas conduzidas com tamanha expectativa mexiam com o humor dos patrões. Damiana passou a perceber d. Daniela mais tensa. Não fazia seus exercícios matinais, não lia nada, andava colada às janelas ou ao telefone, sem nunca mais mencionar os planos de ser professora. Falava com pressa e muito baixo, como se temesse erguer a voz e dar de cara com o marido. O marido que, pelo que Damiana conseguia perceber, era quem organizava as visitas. Quando eram de dia, ele não trabalhava. Aparecia de camiseta em vez do terno e gravata, abria uma cerveja, às vezes bebia sozinho para aquecer.

Com frequência, após as conversas secretas na sala de estar, os dois brigavam. Damiana sabia que alguma coisa não ia bem, que algo estava errado, quando ouvia os chiados. Às vezes,

d. Daniela chorava. Às vezes, ele pedia desculpas. Começou a desconfiar que o casal sofria de um mal incurável, uma espécie de solidão que se manifestava especialmente quando estavam juntos.

Todas as garotas que apareciam, quando tocavam a campainha e Damiana abria a porta, diziam a mesma coisa, *Eu vim pelo anúncio*. A menina ardia de curiosidade mas não queria ser desrespeitosa com o segredo dos patrões, por isso apenas assentia e as conduzia para dentro. Eles que resolvessem tudo sem a sua participação. Não queria ser mandada embora, voltar para casa, agora que estava indo tão bem.

Os patrões não comentavam nada. Damiana não merecia saber dos detalhes, não era parte da família. Também não fazia tanta questão assim. Convivia com o silêncio desde criança, e a mãe a ensinara a só escutar o que devia, porque saber ser invisível era a regra de ouro das boas empregadas. Damiana se arrastava pela casa sem nunca fazer uma pergunta que valesse mais do que um minuto de atenção do casal. Concentrava-se tanto em desaparecer que não percebeu que estava causando o efeito contrário e sendo cada vez mais vista.

Enquanto limpava o chão e guardava as compras na cozinha, ou vestia seu uniforme e se abaixava para limpar debaixo das estantes, Érico a observava. Com um olhar discreto, analisava os contornos do corpo jovem, a energia com a qual percorria os corredores, e de repente parecia mais interessado nela do que nas moças que chegavam.

— Damiana, você é de maior? — perguntou, um dia, após estudá-la durante o café da manhã.

Damiana não tinha um documento fidedigno o bastante para atestar seu nascimento, porque o cartório ficava longe de casa e a verdade é que o finado pai registrava as filhas muito tempo depois de crescidas. Mas, na dúvida, sempre dizia que sim, que tinha os dezoito anos contados para sustentar qualquer responsabilidade. Por isso assentiu com a cabeça, apreensiva com aquela dúvida do dr. Érico e pelo jeito como os olhos dele brilhavam. Ela não sabia, não tinha como saber, que naquele momento era alçada à condição de pessoa, e por isso virava uma das candidatas.

6

A proposta não veio de imediato. Érico precisava convencer a esposa. Daniela provavelmente resistiu, como resistia a todas as meninas, em quem encontrava defeitos como frutos podres nas árvores carregadas. Venceu a lógica, porque os dois acreditavam que o tempo se esgotava e não faria mal perguntar.

Damiana foi convocada em uma manhã de domingo ao escritório onde nunca entrava, nem mesmo para limpar. Sentiu medo e apreensão, como se o cômodo guardasse instrumentos de tortura. Suspirou ao saber que não era nada disso, que o local de trabalho do dr. Érico tinha a normalidade de qualquer sala burocrática, com uma pesada mesa de mogno, cadeiras giratórias e um computador estufado, caríssimo de tão inédito.

Os dois estavam nervosos, no entanto. Podia ver pela forma como olhavam para o chão e passavam a língua pela boca, em risinhos constrangidos. Daniela tinha um humor especialmente nublado, difícil de traduzir. O dr. Érico se encarregou de se acomodar do outro lado da mesa, enquanto oferecia a Damiana uma das cadeiras de visitas. Daniela preferiu sentar-se ao seu lado.

Limpando a garganta, o patrão começou com seus rodeios tradicionais. Dizia que achava Damiana uma ótima funcionária, a melhor de todas; que a casa tinha estado um brinco esse tempo todo, e até mesmo os amigos, quando vinham, reconheciam a arrumação; que não levasse a mal o episódio do último mês, o brusco corte das aulas; que Daniela estava ocupada, ocupada com *algo maior*, e não podia se distrair.

— Eu vou ser mandada embora? — Damiana perguntou, a voz fraquinha, de rato esmigalhado, porque aquele discurso soava como um prenúncio de despedida.

— Não! Imagine! Por favor, não é isso!

O dr. Érico riu, afrouxou o nó da garganta, pareceu aliviado ao mesmo tempo que ansioso.

Ele continuou falando, tentando contornar pelas bordas. Damiana começava a se agoniar, se não fosse tão tímida pediria que despejasse de uma vez o caldeirão suspeito de suas intenções. Principalmente porque só ele falava. D. Daniela se limitava a escutar, impassível, a mirar com um interesse vago as mãos cruzadas no colo.

— Queríamos te fazer uma proposta — ele anunciou, por fim. — Pode ser do seu interesse. E do nosso.

Envolvia dinheiro. Muito dinheiro.

Mas era, para todos os efeitos, um pouquinho ilegal.

— Você deve ter percebido, Damiana, que eu e Daniela não temos filhos, mesmo com nossa condição financeira. Deixamos sempre para depois. Adiamos um sonho, devo dizer.

Um sonho sobretudo dele. Queriam filhos, era o caminho natural da vida, que uma vez ignorado se transformaria em vazio e em um senso indistinto de fracasso. Mas não queriam filhos alheios, não queriam adotar uma criança retirante, filha de estranhos. Érico foi límpido e honesto ao menos naquele momento: tinha um desejo asfixiante de ser pai antes de morrer, mas só se pudesse ser pai de uma criança sua.

Daniela não se importava tanto, como veio a confessar, e parecia sincera. Alcançava a idade *avançadíssima* de quarenta anos, todos os seus órgãos internos batiam continência para a solidão, e os ovários murchos feito maracujás não serviam para atender o maior desejo do marido. Não que fizesse muita questão de conceber, ela salientou. Preferia a ideia de exercer a maternidade sem a necessidade biológica que Érico manifestava.

O patrão seguiu em considerações um tanto quanto fragmentadas, elogiando a consistência sólida do corpo de Damiana, que quase não havia amadurecido direito. Depois, respeitosamente, reforçou o quanto achava bonita a sua pele marrom, que junto ao branco da sua produziria um autêntico *mulatinho café com leite.*

— Eu não estou entendendo — Damiana achou por bem opinar.

Curvando-se sobre ela, então, foi Daniela quem resolveu ir direto ao ponto. D. Daniela, a das maneiras distraídas, dominou pela primeira vez a arte da objetividade, explicando com frieza que precisavam de alguém para gerar o filho de Érico. Uma mulher que pudesse lhe emprestar o corpo, e apenas isso, em troca de uma soma de dinheiro verdadeiramente indecente.

Damiana demorou alguns minutos até compreender o que pediam, e no primeiro plano de sua mente saltavam mesmo eram os absurdos daquela proposta. Ficou rindo de canto de boca, abobada, por que não parecia possível que pedissem algo tão íntimo. Entretanto, era verdade.

Queriam que ela tivesse um filho, um bebê inteiro produzido em suas entranhas. Depois, que o entregasse a eles, sem responsabilidades ou direitos pela vida repassada.

Disseram logo o valor para se pouparem do constrangimento de pedir o absurdo. Uma quantia pornográfica de tão incalculável. Ela não precisava se preocupar com nada, porque não seria *natural*, acrescentaram. Não haveria contato físico. Sexo, queriam dizer. Mas não explicaram como seria.

Na mente de Damiana, os números flutuavam cheios de significado. Uma quantia de dinheiro daquelas capazes de pagar o fim de todas as preocupações, até as que ainda não tinha. Sentiu uma fisgada no umbigo, lá onde moravam agora todas as suas ambições recém-criadas, aquela vontade de se cobrir de coisas, coisas e mais coisas, até desaparecer.

— Você não precisa responder agora — eles disseram, apressados. — Pode pensar um pouco.

Naquele espanto todo, ela já pensava.

7

Gabriela Suertegaray se lembrava muito bem de seu primeiro teste de gravidez. Tinha dezesseis anos. Não podia contar a seus pais, naturalmente, que a menstruação andava atrasada e um novo tipo de medo rondava seus pesadelos: o medo de estar possuída por um pequeno apocalipse. Eles moravam em uma cidade pequena na Argentina onde as farmácias eram escassas e as línguas da vizinhança venciam distâncias. Gabriela pediu a uma amiga que a acompanhasse de ônibus até o bairro mais próximo, onde poderiam despertar menos suspeitas, e entraram juntas no ambiente asséptico, cheio de prateleiras de metal e balanças reguláveis. Caminhando como se estivessem cometendo algum crime, atravessaram os corredores com suplementos vitamínicos e remédios para dor de cabeça, virando na esquina dos lenços umedecidos e das fraldas, convenientemente instalados próximo ao balcão de fórmica onde o farmacêutico esperava com uma expressão severa. O homem vendeu o teste de gravidez torcendo o nariz. Gabriela nunca teve tanto medo de mijar em um palito.

A gravidez era um terror cuidadosamente cultivado na cabeça das meninas daquela época. As aulas de biologia reprodutiva, no Colégio Paroquial San Miguel, eram uma longa e torturante pregação sobre os perigos de pegar barriga. Quando precisavam entrar nos pormenores, em geral os alunos eram forçados a assistir a algum péssimo documentário sobre como os bebês eram feitos na televisão de tubo empurrada com esforço para dentro da sala. Gabriela se recordava muito bem das fitas vhs empilhadas no armário da biblioteca, que estampavam na capa fetos com cabeças gigantes.

Quando começara sua vida sexual, assim como as amigas, tinha apenas uma vaga ideia do que era uma camisinha. Em sua primeira vez, o menino — tão nervoso quanto ela — avisou que não precisava usar nada, porque ia tirar antes. Na segunda relação, depois de utilizar o mesmíssimo argumento do rapaz anterior, o escolhido ejaculou em sua perna e pediu desculpas pela pressa. Foi justamente depois disso que sua menstruação atrasou e, para além da imagem de um feto alienígena, passou a ser perseguida pelo terror absoluto da possível existência de um espermatozoide capaz de escalar as coxas das meninas.

Ela fez o teste no banheiro da rodoviária, com a amiga esperando ansiosa do outro lado da porta. Aguardou com a mais pura angústia os cinco minutos protocolares até o resultado aparecer. Se fosse um risco, negativo. Se surgissem dois, positivo. Quando a primeira listra apareceu, ela quase desmaiou, escorando-se contra a parede do reservado. Mas os cinco minutos vieram e se foram, e o palito permaneceu com aquela única linha rosa. Ela não estava grávida. Nunca se sentiu tão feliz. Descartou o teste na lixeira e pegou o ônibus de volta com quinhentos quilos a menos nos ombros. Sua vida ainda era toda sua.

Mas precisava cuidar daquele problema, o que significava pedir ajuda aos pais.

Gabriela sempre soube que o fato de ter sido criada por dois homens era algo que a libertava e, ao mesmo tempo, a restringia. Eles eram mais modernos e abertos do que os pais de seus amigos, mais carinhosos até em suas sondagens. Mas tinham vergonha de falar com ela sobre sexo e, quando finalmente pediu para ir a um ginecologista, ao voltar daquela pequena viagem à farmácia, causou uma enorme comoção. Pepe se engasgou com o vinho que bebia, ficando roxo de vergonha.

— Mas é claro, *princesita* — disse ele. — Desculpe por não termos percebido antes — acrescentou o papai, com aquela sua voz de *eu sou um grande fracasso*.

Seus pais estavam sempre se culpando, sempre se lastimando. Como se ainda não acreditassem que tivessem direito à paternidade. Cada crise da adolescência (e ela tinha muitas), cada pedido que remontasse à sua natureza feminina (antes do ginecologista, os sutiãs) era motivo para que eles começassem o longo ritual de autoflagelo e expiação. Nunca entendia, por exemplo, por que eles a deixavam constantemente na casa da tia Eugenia, a irmã de Pepe, uma solteirona inveterada que fumava uma carteira inteira de cigarros a cada duas horas. Gabriela odiava o ar viciado da sala da tia Eugenia, odiava ter que acompanhá-la às compras, engatando diálogos constantes e forçados sobre sua vida social. Até que perguntou aos pais o motivo de tantas visitas, ao que eles responderam que ela precisava de uma figura *feminina* para guiá-la durante a adolescência, como se virar mulher fosse o tipo de coisa que só se aprende por reflexo.

Ela se revoltava com aqueles ensaios pretensiosos e toda a cerimônia que passaram a ter com a chegada da puberdade. Queria de volta a naturalidade de antes, porque agora nem pareciam a mesma família. Gabriela vivia cheia de raiva, sentindo-se cada vez mais isolada, e demorou muito para entender que seus pais carregavam a marca de serem os primeiros a furar uma bolha de mentiras. Tinham crescido à sombra da aids, e a pressão do julgamento alheio, embora superada, às vezes voltava como um esqueleto escondido no armário. Eles achavam que não a mereciam, que eram sujos e ruins, e isso doía, porque fazia parecer que o amor não era suficiente.

Ela havia feito incontáveis testes de gravidez desde aquele no banheiro da rodoviária. Esse continuou sendo, por muito tempo, o maior medo da sua vida, como acontecia com muitas mulheres da sua idade que agora passavam dos trinta e se surpreendiam com o fato de que já estava de fato na hora de ter filhos. Ninguém olhava mais com estranhamento quando apareciam grávidas, e os farmacêuticos rabugentos já não torciam o nariz quando pediam um teste de gravidez. Na verdade, mais e mais delas surgiam *embarazadas*, enquanto outras selavam com algum implante o seu futuro não reproduzível. Gabriela, no fundo, achava interessantíssimo o mecanismo de um corpo que podia produzir outro e costumava ter apenas uma vaga ideia da própria maternidade, como uma ideia reservada a um futuro abstrato. Em seu último e derradeiro teste, dessa vez impresso por um laboratório, decidira que nunca mais queria se assustar com a possibilidade de um bebê.

A gravidez era o mais inconcebível dos mistérios.

— Você tem filho? — era o que Damiana perguntava agora, acendendo o cigarro de palha.

Gabriela despertou de seu transe, voltando à realidade com um susto. Encarou a mulher do outro lado da mesa comprida e tomou um longo gole de água para aliviar a pressão dos próprios pensamentos.

— Tenho não — respondeu. Antes dizia: *Não sei se quero.* Ou: *Ainda não.* Agora não dizia mais nada.

— Nunca entendi essa vontade de ter filho — Damiana continuou. — Nem antes, nem depois de tudo. Acho que foi por ter tido tanta irmã. Eu fui meio mãe delas todas, então nunca quis ter o meu. Sempre achei engraçado isso. Tanta mulher querendo filho, sem poder. E outras que nem querem, mas emprenham com tanta facilidade. Por isso que eu falo. Deus não existe mesmo não, porque, se existisse, não seria tão injusto. A vida não é justa.

Gabriela concordou, sentindo um aperto no peito. A vontade que tinha era de sair correndo. De gritar com Damiana e desistir daquela ideia. Mas precisava fazer aquilo, à revelia dos conselhos das amigas e dos pais. Ninguém era capaz de entendê-la, nem ela mesma. Damiana era como uma viagem que precisava fazer, e finalmente tinha chegado a hora. De tantas e tantas formas, ela era a pessoa certa para contar aquela história.

O dia ia embora em um espetáculo seco de cor, convocando os grilos e as cigarras a cantar, e Damiana convidou Gabriela a se hospedar ali durante o período da entrevista. Deixou claro que não estava sendo apenas educada. Tinha espaço de sobra naquele casarão velho, um quarto para cada uma de suas solidões, e não fazia mal ter um pouco de companhia. Embora tivesse reservado uma pousada em uma cidade chamada Formosa, que segundo suas pesquisas ficava a vinte minutos dali, Gabriela preferiu aceitar. Estava cansada e não queria se perder. Ou talvez estivesse tão perdida que ansiasse, lá no fundo, por algum tipo de cuidado. Ocupou uma suíte pequena, mas bastante confortável, com uma janela que descortinava o horizonte de soja e feijão. O quarto tinha cheiro de poeira, como o resto da casa.

— Fique à vontade, viu, *fia* — Damiana disse, antes de fechar a porta. — Qualquer coisa é só chamar.

Quando apoiou a mochila sobre a cama, suspirando, Gabriela tirou o celular do bolso e digitou a senha do wi-fi fornecida por Damiana. A internet ali era surpreendentemente boa, assim como o sinal. Além de alguns e-mails de trabalho, havia catorze chamadas não atendidas de números aleatórios e uma única mensagem da moça invisível, provavelmente entregue com atraso. A mensagem do seu contato mais misterioso dizia, em uma espécie de ironia poética retroativa, que *Se parou de doer é porque deu certo.* Ela jogou o celular no colchão, junto com o gravador. Ouvir Damiana era mais importante, mais urgente, do que refletir sobre a própria dor.

8

Na condução dos acasos, um acontecimento em particular influenciou diretamente a decisão de Damiana, depois da proposta dos patrões para alugar seu corpo. Uma força capaz de injetar coragem, porque nascia da velha e conhecida necessidade.

Como eram mulheres de silêncio, Damiana não fazia ideia de que a mãe, desde a morte do pai, andava com umas dores de cabeça quase diárias. Tinha muito trabalho a fazer, não dava espaço para a dor, fazia um chá, voltava a gritar com as filhas e a varrer o quintal. Foram quase dois meses ignorando os alertas, as agulhadas no crânio, até que um dia a mãe sentiu as vistas escurecerem, mesmo sendo dia claro. Desabou no meio do chiqueiro, enquanto alimentava o casal de porcos com um balde de cascas de abóbora. Levada ao hospital municipal, de repente lúcida e esbravejando contra os médicos na ânsia de arrancar os fios do corpo, teve diagnosticado um tumor na cabeça, um pequeno cisto no cérebro que precisava ser operado. Na rede pública, a fila era enorme, talvez morresse antes de conseguir vaga.

A notícia foi dada em primeira mão pela prima Rose, que apareceu de ombros caídos, guardando na fisionomia muito desconforto e embaraço. Damiana não era dada a sentimentalismos, mas teve intenção de fazer as malas e ir embora, triste de não ter percebido nada por estar longe da mãe doente. A prima logo a dissuadiu. Precisava, mais do que nunca, ficar.

Agora, sem a mão de obra da mulher acamada, era o dinheiro enviado por ela que resolveria os problemas financeiros da família distante. Era Damiana, com sua força nos braços e sua imperturbável capacidade de trabalhar, quem botaria a comida na mesa de casa, a quilômetros dali.

Uma coisa leva a outra e um problema atraía as possibilidades de solução, de forma que Damiana, muito sem graça, confessou à prima sobre a conversa com os patrões. O semblante de Rose se fechou, enquanto a escutava, sem transparecer o próprio despeito.

— Eu achava que eles não iam te querer — ela murmurou, por fim. — Você é muito nova, e meio pretinha.

Claro que Rose sabia do que estava falando. Tinha trabalhado pouco mais de dois meses para o casal, tempo suficiente para entender as sondagens e bisbilhotar as entrevistas na sala de estar. Naquele momento, pareceu quase enciumada de Damiana, de suas novas qualidades em destaque.

O caso é que a prima havia se oferecido numa bandeja de prata para servir ao casal e ocultou de Damiana essa informação, a princípio, porque acabou sendo recusada. Ainda lhe doía a forma gentil, ainda assim cruel, com a qual o dr. Érico havia desfeito dela, sublinhando sua falta de atrativos e a idade avançada. Logo ela.

— Deus não dá asa a cobra. Eu se fosse você aceitava — decretou. — É só uma barrigada, e depois você está livre pra sempre.

Damiana passaria muitos anos a questionar se, na verdade, a prima tivera sempre a intenção de agenciá-la. Se o emprego naquela casa fora orquestrado com essa única finalidade de garantir uma reprodutora à altura, e ela tivesse por segundas vias abocanhado um quinhão dos lucros. Naquele momento, contudo, nem lhe passaram pela cabeça essas suspeitas todas.

Naquele momento, Damiana só pensou um pouco mais naquela oportunidade que reluzia e brilhava no escuro das notícias.

O que significaria, para uma vida como a sua, nove meses de abdução do próprio corpo?

O dinheiro permitiria que se livrasse, que salvasse a mãe de uma morte prolongada, talvez pudesse trazer todas as irmãs para aquela terra distante, árida, mas fértil para novas famílias. Teria apenas que se deixar ser colonizada por uma criança alheia. Não conseguiu dormir, naquela noite, pressionada pela necessidade de fazer a escolha.

Só uma barrigada, repetia a voz da prima em sua cabeça. Damiana ia lembrando das éguas parideiras da roça, com sua criação em série; da forma como a própria mãe tinha expelido as irmãs, todas em casa, com auxílio de toalhas quentes, bacias de água e a parteira idosa que morava na chácara vizinha. Naquela época as mais velhas, sendo Damiana a primogênita, assistiam ao espetáculo enfileiradas na porta, os olhos arregalados diante do rosto impassível da mãe, que nunca berrava. Não fazia caso da dor, nem das próprias crianças, que só aprendiam a existir muito tempo depois que nasciam.

Pé ante pé, ainda cismada, caminhou até os aposentos de d. Daniela, com quem tinha maior intimidade, na manhã seguinte. A mulher a recebeu usando um de seus roupões, estampando na cara um sorriso doce, porque adivinhava todas as suas dúvidas.

— Vai ser fácil — prometeu, acolhendo-a nos braços perfumados de lavanda. — Vai ser rápido.

9

Vencendo todas as barreiras de constrangimentos, eles tiveram que perguntar se Damiana já era mulher ou se permanecia virgem. Ela se viu obrigada a desenterrar um segredo reservado aos cantos úmidos da memória, onde moravam as coisas que acreditava poder anular caso se esforçasse o bastante para esquecê-las. Lembrou-se de Reginaldo, mascate de olhos azedos e amigo do pai, que buscava pouso na roça deles toda vez que passava por lá.

Reginaldo era um homem diferente porque conversava com as crianças, as meninas todas, na época em que elas só recebiam palavras de ordem. Tinha uma pele leitosa como ninguém via por ali, sem falar nos olhos de gato, escondidos debaixo de um chapelão de palha. As camisas de botão floridas, sempre abertas, deixavam entrever uma cruz marcada a tinta no peito. Trazia toda sorte de tralhas amarradas ao cavalo e distribuía como presentes: um apito que imitava os pássaros; panelas de ferro batido para a mãe (pela cortesia da hospedagem); tabaco puro em latinhas de metal para o pai.

Reservava uma atenção especial para Damiana. Sorria com carinho, tirava guloseimas do chapéu, e um dia trouxe uma pequena boneca de plástico com delicados trajes de renda e cabelinho loiro, a primeira que a menina ganharia na vida. Jogando-se de agradecimento no pescoço dele, que cheirava a fumo e água-de-colônia, ela achou que o amava, por não saber distinguir os afetos. Passou a ansiar por sua presença todos os sábados de lua cheia, quando ia recebê-lo ainda na porteira, a barriga tomada por sentimentos muito estranhos e inéditos.

Acariciando seu rosto, Reginaldo um dia cochichou que eles podiam ser namorados. Mas que a menina não contasse nem ao pai, nem à mãe. Ela guardou aquele segredo por meses, vencendo a vontade de contar tudo para as irmãs, percebendo que, sempre que o amigo do pai voltava, era a ela que dedicava todas as atenções. Mas um dia ele disse que namorar não era só isso, que se eram namorados de verdade precisava vê-la também à noite, depois do apagar do lampião, atrás do curral. Era precisamente naquele ponto que sua mente se encolhia e deformava o itinerário dos fatos, para evitar sofrer de novo. Ela que se culpou tanto tempo por ter ido ao encontro dele e que odiou o arranhar da barba crespa, a boca suja marcando sua pele, o pavor de ser rasgada por dentro, uma e outra vez, se resignando a sangrar em silêncio.

Porque não podia falar.

Porque ninguém dava assunto às crianças.

Talvez o pai tivesse descoberto, era o que Damiana achava agora, apartada da inocência. Ou ao menos tenha suspeitado mais tarde, quando a mãe percebeu as manchas acobreadas nas calcinhas, o repentino acabrunhamento com o visitante tão querido. Ninguém falou nada. Para seu alívio, Reginaldo montou no cavalo na tarde seguinte e nunca mais apareceu. Um tempo depois tiveram notícias de que seu corpo havia sido encontrado para lá do rio Preto, já apodrecendo e cheio de moscas na boca.

Talvez o pai soubesse.

Damiana não precisou repartir tantos detalhes com Daniela e Érico, mas o casal ficou contente em saber que ela não era tão menina. Em um carro macio e escuro, levaram-na como uma mercadoria das mais preciosas ao médico, que faria as derradeiras inquisições. Nos próximos dias, teria o corpo revirado, atravessado por agulhas e esvaziado de líquidos de todo tipo. Para compensar o sofrimento, entretanto, o casal tratou de antecipar o preenchimento de um polpudo cheque, que Damiana não sabia nem como descontar e despachou inteiro à mãe, em um precário envelope de correio. Esperou, cheia de cansaço, que valesse a pena.

Foi promovida. Ganhou um quarto maior e passou a ter os serviços de limpeza suspensos. As faxinas eram agora obra de funcionárias pontuais, que chegavam armadas de baldes e vassouras, executavam o serviço com indiferença e iam embora antes que alguém fizesse qualquer pergunta.

— Você não vai fazer mais nada nesta casa — decretou Daniela, que lhe reservava o melhor tratamento possível.

Do outro lado de sua vida, a mãe se preparava para entrar na sala de cirurgia, os cabelos parcialmente raspados, sentindo frio com o ar-condicionado que não podiam desligar. A prima era quem telefonava para o único aparelho da casa, a fim de transmitir as notícias com algum distanciamento. Os exames eram conclusivos e bons, os médicos acreditavam que a retirada do caroço, crescendo em uma área sensível da cabeça, levaria dez horas; que Damiana não ficasse preocupada. Que se concentrasse em resolver o seu trabalho.

Não havia muito o que fazer, entretanto, senão esperar algum comando do casal. Damiana ainda não estava certa de como tudo seria feito, nem entendia o processo exato que fazia as barrigas incharem. Tudo o que sabia era o básico, machos enterravam-se nas fêmeas, cuspiam suas entranhas e, se a semente fosse boa, brotava. O dr. Érico tinha garantido de novo, com o sorriso congelado, que no caso dela a produção do bebê não seria assim tradicional.

— Uma pena — ele chegou a brincar, os olhos reluzindo de um brilho perigoso e azul, acariciando a própria mão com um gesto lascivo e zombeteiro.

Tudo acabou dando certo com a cirurgia da mãe, que logo se recuperava em um bom hospital. Depois de uma semana, ligou de um orelhão para agradecer a Damiana, com a voz ainda fraca e pastosa do choro. Aliviada, a menina ia esperando, e esperando parecia que se sufocava em ansiedade, como se temesse o momento em que teria que pagar pelas bênçãos oferecidas.

Por enquanto, a rotina era preguiçosa. Começava com um coquetel de vitaminas escolhidas pelo médico e terminava com longas caminhadas pela quadra. Daniela, tomada por acessos de simpatia, tinha até convidado Damiana para fazer um passeio no shopping, ela que nunca havia pisado em um lugar daqueles. Estranhou a luminosidade fluorescente e o impacto das vitrines, sentiu-se inadequada, pequena, suja, com suas sandálias Havaianas e o vestido de chita. Pediu para ir embora, o nariz empesteado pelo cheiro sufocante de perfume, e a patroa, se achou simplório o seu desconforto, fez questão de disfarçar.

Quando suas regras chegaram, descendo num jato escurecido, Damiana bateu suavemente na porta de d. Daniela e avisou, conforme a orientação. A mulher acenou de levinho, disfarçando o entusiasmo que se insinuava no baixo-ventre, e manifestou as primeiras palavras de um encorajamento ralo.

— E agora? — Damiana perguntou, cansada de esperar no escuro.

— Agora a gente conta.

E contaram. Uma semana, depois duas, num calendário na parede da sala marcado com caneta permanente. Damiana tinha a temperatura registrada todos os dias, ao acordar, e d. Daniela, sem nenhum constrangimento, pedia-lhe que enfiasse os dedos em si mesma, que avaliasse a umidade de seus cantos internos, e depois relatasse a consistência dos vestígios. Quando os cálculos, quaisquer que fossem eles, pareciam apontar para o momento perfeito, quando seu corpo inteiro parecia febril e intumescido, Damiana foi convocada a vestir uma camisola de seda branca. Estranharia por anos a formalidade, o disfarce de pureza.

Elas não falaram muito a respeito. Foi como uma espécie de ritual comum e silencioso para criar existências. Na mesma cama onde dormia, com d. Daniela aos pés, foi orientada a se deitar, a abrir as pernas e a relaxar, enquanto uma enfermeira de ar risonho, convocada às pressas, posicionava-se entre seus joelhos. Com os dedos revestidos de luvas de borracha, era a mulher que profissionalizaria a entrega.

— Fique tranquila, não vai doer — avisou a senhora de cabelos alaranjados.

A seringa comprida, com um líquido leitoso e quente, foi entregue diretamente pelo dr. Érico, passando rápido pela porta. Damiana não o viu. Melhor assim.

— Vamos começar? — a enfermeira propôs.

A mulher curvou a cabeça, com um murmúrio de aprovação, enquanto posicionava a seringa e analisava entre suas pernas. *O que será que ela está vendo?*, Damiana se perguntou, sem saber o que ela procurava em seu corpo. Quantas cavernas e quantos abismos de carne haveria lá dentro, e quanto era possível enxergar por aquela fenda? Seu corpo era um mistério todo feito do avesso. Sem saber para onde olhar, a garota fechou os olhos.

A enfermeira, muito gentil, disse que contaria até três. Damiana sentiu apenas um desconforto e uma breve ardência quando a seringa foi inserida de uma vez. Depois o êmbolo foi pressionado, deixando jorrar para dentro de seu corpo os fiapos esbranquiçados, quase uma multidão invisível de soldados afoitos. Milhares e milhares deles, nadando para encontrar o fim.

Não deu certo. Após um longo período em suspenso, no qual as expectativas atingiam o nível da máxima proteção e Damiana era instigada a ficar em casa, se preservando, a menstruação veio. Se estavam decepcionados, o dr. Érico e Daniela disfarçaram bem.

— É assim mesmo — disseram, bebendo o café pausadamente. — É muito raro dar certo de primeira.

Damiana sabia que alguma coisa estava errada apenas pela maneira como os olhares deles fugiam pela superfície da mesa sem se agarrar aos detalhes, espelhando todas as formas de incômodo.

Ela já havia sido alvo de olhares semelhantes. Quando a mãe notara as manchas de cobre na calcinha, mas não queria fazer perguntas. No velório esvaziado do pai, onde todos os visitantes desconhecidos olhavam o morto mas evitavam a família.

No jardim, naquela mesma manhã, Daniela fez um discurso sobre ciclos da natureza e novas oportunidades. Depois, acendeu um cigarro, ela que nem costumava fumar. Ocorreu a Damiana, pela primeira vez, que a patroa estava exausta de não ser o bastante. A pele craquelada ramificava-se em fissuras e cânions de maquiagem mal aplicada. Tinha uma consistência ainda mais pálida, ia perdendo a cor, dia após dia, e junto com ela a capacidade de articular sobre as coisas que a feriam.

O casal era feito de temperamentos bem diferentes. Érico crescia diante da empreitada, o peito inflado, disfarçando a impaciência com um cinismo ameaçador que se manifestava nos mínimos detalhes.

— Em breve, Damiana — costumava dizer, ao vê-la perambulando sozinha pela casa —, seremos uma família. Tudo depende de você.

Daniela, por outro lado, se debruçava em obras de arte e livros, em sua carreira de atriz inexistente, nos exercícios de relaxamento, aliviando com técnicas de suspiros o peso de contribuir com tão pouco.

Damiana achava, no entanto, que a mulher queria o produto daquela aventura tanto quanto o marido. Mais, talvez. Era ela que acompanhava com aflição as curvas do corpo da menina, que coordenava as operações de inseminação, convocando a enfermeira de bochechas proeminentes, garantindo a Damiana o conforto possível. Às vezes, se olhasse por tempo suficiente, Damiana podia até flagrá-la segurando a própria barriga, como se antecipasse o produto do sucesso, como se vivenciasse uma gestação por afinidade.

Demoraram três ciclos para conseguir. Três meses em que Damiana se viu carregada de um consultório médico a outro, tendo seus interiores novamente vasculhados à procura de um problema, só para sair deles com atestados de saúde e fertilidade. Se tudo aquilo a oprimia de alguma forma, contudo, ela não conseguia se importar. Guardaria muito pouco desses dias que antecediam o momento que verdadeiramente importava. Como se sua vida, até então, fosse aquele cheque em branco que o dr. Érico sacudia diante dos seus olhos, feito piada, ameaçador como sempre, para apressar o seu corpo. Só uma coisa importava. Todas as outras não eram dignas de nota.

Damiana não tinha, nunca teria, uma religião. Lá na roça, a mãe e o pai costumavam dizer que eram católicos pelos moldes do batismo, a casa vivia repleta de santos pendurados nas paredes, mas nenhum dos dois pisava na igreja. Depois chegou por lá um pastor, todo engomado com terno e gravata no calor arenoso do sertão goiano, e com Bíblia debaixo do braço distribuía preces enérgicas e palavras de consolo. Antes mesmo da morte do pai, Damiana recordava, a mãe tinha sido arrebanhada pelos cultos ardorosos. Usava saia comprida e acreditava numa palavra estranha que as filhas, crescendo feito bichos arredios, jamais compreenderiam.

A fé não era uma língua. Nem um lugar. Era quase um traço de nascença, Damiana pensava, um traço que não acompanhava todo mundo, um tipo sanguíneo que marcava os escolhidos para acreditar. Então, quando ela achava que ainda estava vazia, semanas após o incômodo de mais uma injeção, veio o sinal. Chamava assim por falta de termo melhor, ela que nem acreditava em sinais.

O caso é que sonhou com um bolinho de gente que de repente brotava debaixo do umbigo, ainda um punhado de células aglomeradas, mas que em breve cresceria para se tornar outro estranho. Acordou assustada, com uma sensação de preenchimento, e soube ali mesmo que dessa vez tinha funcionado. Ficou com tanto medo que perdeu o ar, respirando como se percorresse uma maratona nos lençóis, e até quis rezar, mas se deu conta de que não sabia.

10

A fazenda de Damiana, tantos anos parada no tempo, ainda oferecia o benefício de uma noite de sono luxuosa que faria qualquer um sonhar. Gabriela acordou num sobressalto, sem saber quanto tempo havia dormido. Tinha se deitado apenas para dar uma olhada no celular, e quando percebeu era dia claro e as galinhas cacarejavam como a realeza das manhãs que eram. Ela se surpreendeu. Não dormia direito fazia séculos, como denunciavam as bolsas escuras que carregava sob os olhos feito marcas de nascença. Não sabia se era por conta do silêncio, da escuridão ou do cansaço, mas finalmente conseguira apagar. E apagar de verdade, sem cortes de realidade, sem intervalos que destruíssem a experiência de se afastar.

Ao consultar o relógio, percebeu que eram sete da manhã e ficou surpresa por se sentir tão disposta. Em São Paulo, onde vivia, era hábito dormir tarde, ou não dormir de todo, e as manhãs eram sempre um desfile macilento de exaustão. Nunca saía da cama antes das nove, pelo menos não espontaneamente. Gabriela bocejou e foi até o banheiro. Ainda vestia as mesmas roupas do dia anterior e estava precisando urgente de um banho. Assim que tirou a roupa, percebeu que ainda sangrava. Há trinta e cinco dias sangrava, porém sem sentir mais dor. Teve medo de estar morrendo lentamente, com uma hemorragia interna ou algo do tipo, mas a moça invisível tinha avisado que era normal. Uma hora seu corpo pararia de tentar se vingar.

Assim que se sentou no vaso, distraída das ideias, levou um susto ao sentir entre as pernas uma carícia gelatinosa. Deu um pulo e gritou ao ver um pequeno sapo, em toda a sua glória viscosa, saltando em busca de liberdade. Seu cérebro não conseguiu processar direito a situação, e menos ainda quando outro sapo minúsculo surgiu na privada, amarronzado e cinzento, arqueando as pequenas pernas em direção à superfície. Uma infestação. Ela não estava preparada e se cobriu com uma toalha, como se estivesse com vergonha dos visitantes indesejados e a primeira coisa a ser defendida fosse a nudez. Acuada, gritou mais alto.

Alguém logo invadiu o quarto para ver o que estava acontecendo. Gabriela olhou para a porta, mas viu que não era Damiana. Era a senhora idosa, a cozinheira da casa. Deve ter sido apanhada em pleno sono, porque ainda vestia um camisolão comprido e trazia um pano amarrado à cabeça.

— Diacho, menina, o que foi?

— Tem sapo aqui. — Gabriela apontou o dedo trêmulo, recompondo-se um pouco.

A senhorinha olhou para o vaso, onde as duas pequenas rãs espreitavam, escondidas atrás da caixa de descarga, e então abriu a boca de poucos dentes, soltando uma gargalhada retumbante.

— São pererecas, menina — disse, quando conseguiu recuperar o ar. — Bichinho que não faz mal pra ninguém.

Gabriela se sentiu um pouco envergonhada e respirou fundo, apertando a toalha contra o corpo. Atraída pela comoção, Damiana veio no rastro. Ao ser atualizada pela senhora, também gargalhou diante do medo improvável das inofensivas pererequinhas.

— Se quiser, pode usar o banheiro do corredor — Damiana avisou, depois de abafar a gargalhada com a mão. — Aqui é cheio de pereeca. Tanto de bicho quanto de gente.

Humilhada, Gabriela acabou seguindo o conselho e trocou de banheiro, espreitando todos os cantos antes de confiar. Tomou a ducha com prazer, consolando-se com a água deliciosamente quente. Quando saiu, de roupa limpa e cabelo molhado, quase parecia outra mulher. Não sentia mais aquela angústia que parecia esmagar sua alma, parecia de fato renovada. *Nada como o ar puro do campo*, pensou, e então se deu conta da própria cafonice. Ela havia sido criada com amor. Só porque tinha vivido os últimos dez anos naquele matadouro que chamavam de cidade não significava que esquecera como era ser feliz.

Na cozinha, Damiana ajudava a empregada a fazer o café, torrando e moendo os grãos na hora. Depois se inclinou sobre o fogão de lenha, parecendo inquirir alguma coisa às cinzas, e demorou alguns segundos para Gabriela perceber que ela estava acendendo seu infactível cigarro de palha. Damiana aproveitou aquele pequeno intervalo — café quentinho coado, broa de milho e pão caseiro com manteiga — para tentar sondar a visita.

— Esse sotaque seu é engraçado — começou, soltando a fumaça na direção da janela. — Da onde é?

— Da Argentina. Sou de lá.

— Mas você fala a língua nossa muito bem.

— Aprendi quando era criança. Mas moro aqui há muito tempo.

Gabriela adorava contar aquela história. De como era meio brasileira por causa de seu pai Arthur e que aprendera português com ajuda das novelas e das músicas do Roberto Carlos, que ele adorava ouvir aos sábados. Naquela época passava a mão em todos os livros de literatura brasileira da coleção do pai, espantando todos os seus amigos pelo apego ao vizinho inimigo, porém ocultando os motivos de tamanha adoração.

Conseguira assim dominar o português, mas só em partes, porque algumas coisas ainda não sabia falar. Era verdade o que diziam sobre ter uma língua materna, um lugar fixo no mapa dos idiomas. Sofrer em outra língua não era a mesma coisa.

Antes de sair tagarelando, ela se conteve. Falar sobre essas coisas implicava também falar sobre a saudade que sentia de casa e tudo o que vinha depois. Então se contentou em dar de ombros e continuar comendo, porque a comida era incrível de boa, e Damiana não tinha autoridade para contestar o seu recato.

— Então, vamos continuar? — disse, por fim, colocando o gravador na mesa e tomando mais um gole de café na xicrinha esmaltada.

— Onde paramos mesmo? — Damiana perguntou, sentando-se à sua frente.

— Quando você descobriu que estava grávida.

E então Damiana, soltando um longo suspiro esfumaçado, continuou.

11

Naqueles dias, ela descobriu de fato o que era ter medo. Não um senso de ameaça concreto, mas a percepção de perder o controle, com as fronteiras de seu corpo a se redefinirem, a pele emanando um cheiro de graça. *O que aconteceria agora?*, perguntava a si mesma, no escuro, enquanto tudo dentro e fora dela fervilhava e crescia. Sentia-se como um bicho, mais do que nunca agonizava e bufava como um animal. Mas também se sentia como uma máquina desgovernada, prestes a desligar de exaustão.

Daniela reluzia. Exercia sua maternidade paralela na reforma do quartinho do bebê, ainda sem cores que estabelecessem o gênero, e nas compras compulsivas de artigos e livros temáticos. Preparava, todos os dias de manhã, uma vitamina de banana com aveia e mamão, acompanhada de dois comprimidos de ácido fólico, que Damiana odiava mas era obrigada a engolir de uma vez. Apesar de menos prático, Érico se mostrava igualmente encantado por aquela novidade fabricada, o motivo pelo qual coabitavam em uma estranha, famigerada harmonia. De barba feita, saía para trabalhar bem cedo e voltava antes do habitual. Queria passar mais tempo em casa, avisava, vestindo bermudas. Era uma estranha paisagem vê-lo presente.

A Damiana não era permitido muito entretenimento. Temiam que ela perdesse o bebê, que ainda não chegava a ser gente. Explicaram que o primeiro trimestre era muito sensível, por isso tinha seus passeios cronometrados e restritos.

O casal garantiu outro cheque, enviado diretamente à mãe e às irmãs, mas também arranjava mesadas semanais, que ela não via com o que gastar e guardava em uma meia. Sentia-se deprimida, com uma súbita vontade de traçar um quadrado no quintal, deitar-se na grama suja e ali permanecer até que a criança nascesse.

A prima Rose, quem diria, virava o único alento possível. Vinha com mais frequência agora, para ajudar Damiana a atravessar aquele período que ela mesma classificava como abominável, mas necessário.

— Você está em prisão domiciliar, mas é só até parir. Depois, meu bem, é só o bem bom — dizia, aos risos.

Damiana não entendia o que era o isolamento forçado, porque desde sempre vivera isolada, e não achava que fosse esse o problema. O oposto, talvez.

Incomodava era ter alguém dentro de si.

Naquele período, mudou-se para o casarão ao lado, uma mansão decadente, um casal de idosos aposentados. Por permanecerem o tempo todo dentro de casa, e serem de uma época e um lugar em que amabilidades eram modelo de educação, vieram se apresentar em uma manhã de domingo. A mulher, sra. Amália, logo arregalou os olhos ao constatar a estranheza daquele triângulo. Uma menina grávida com jeito de bicho do mato, uma mulher distraída e um bem-sucedido arquiteto de cabelos escuros — todos de compleição misteriosa e um silêncio desconcertante, que rangeram os dentes ao abrir a porta e não sorriram ao se despedir. Não convidaram os novos vizinhos para jantar.

Uma mentira foi contada. Que Damiana, acolhida por eles, era uma prima distante, muito humilde, e estava ali de favor. Coitada. O dr. Érico pareceu especialmente afetado por aquela atenção indesejada, bem ali do outro lado do muro.

Naquele dia mesmo ordenou que d. Daniela comprasse cortinas para a muralha envidraçada da sala. "Vai saber o que esses enxeridos podem descobrir", murmurou.

Damiana ficou sabendo que era proibido, e dava até cadeia, pagar para outra pessoa gerar um filho. Mas não havia proibição quando a empréstimo do corpo era feito de bom grado, movido por um amor familiar. O médico que realizava o pré-natal sabia um pouco mais da história, apenas levemente distorcida. Sabia, por exemplo, que o filho era de Érico, que a gestação era terceirizada. Mas acreditava que Damiana, muda diante dos aparelhos que fotografavam suas entranhas, era mesmo uma prima humilde, distante e benevolente. O médico era muito bem pago para não exagerar nas perguntas.

Damiana não era de chorar, nunca tinha sido. Mas, naquela época, os hormônios provocavam torrentes de lágrimas que caíam aos borbotões. A prima, nessa hora, incitava-lhe a motivação por vias duvidosas. Dizia que era uma oportunidade de ouro, que tinha muita menina pobre disposta àquele papel que tão confortavelmente lhe caíra nos braços. Era melhor não reclamar.

Damiana não queria que o casal visse seus acessos de infelicidade, momentos em que voltava a se recobrir de medo, por isso chorava escondida. Ainda assim, não se arrependia da escolha. Sabia que a mãe se recuperava bem, fazia acompanhamento especializado para tratar quaisquer resquícios do tumor. Tinham começado a construir uma casa maior, com um quarto diferente para cada uma das irmãs, para que não precisassem mais dividir a mesma cama.

Damiana se agarrava a essa imagem quando os sentimentos pesados irrompiam. Uma casa com cheiro de madeira. Talvez um dia tivesse uma assim. Podia mandar mais dinheiro para que a mãe a construísse do seu jeito. Pensava no telhado, na disposição dos móveis, no fogão a lenha. Nas irmãs, seguras e aquecidas. E sentia-se, subitamente, melhor de suas próprias fraquezas.

Quando a barriga de Damiana já avançava sobre o corpo, levemente proeminente, Daniela precisou se ausentar da casa. Algum de seus parentes no Paraná (de onde ela era) havia morrido e ela precisava comparecer ao funeral. Érico logo garantiu à mulher que pegaria uma licença no trabalho, se preciso fosse, e daria toda a assistência possível para a jovem genitora de seu bebê. Que ela fosse em paz e cuidasse de sua família. Da parte dele, seria um *prazer.*

O dr. Érico, Damiana descobriria, estava fascinado pela oportunidade, porque tinha saudades de ser irresistível. Acreditava que havia nascido com um poder especial, conectando-se às mulheres pelo olhar, jurando entendê-las. Olhos de um pretume ardente, acostumados a conseguir tudo o que queriam.

— Vamos nos divertir muito — ele prometeu, todo amabilidades e sorrisos.

Às vezes, não importava o que falasse, soava sempre como uma ameaça. Ela temeu a convivência. Mas ele não se mostrou ameaçador dessa vez. O oposto. Preparou refeições para os dois, levou Damiana à consulta médica da semana e terminou de pintar o futuro quarto da criança. No imenso televisor da sala, a convite dele, viam programas esportivos ou de auditório, atravessavam tardes inteiras com uma preguiça macilenta de adolescentes. Com frequência, ele até preparava um balde de pipoca para assistirem a algum filme no videocassete, filmes que alugava dublados só por causa dela. Damiana gostava quando eram de amor e a Julia Roberts aparecia.

À noite, quando se despediam, o patrão cerimoniosamente desaparecia no corredor, sem olhar para trás, e ela se dedicava a rebobinar as fitas como ele tinha ensinado, apreciando o som das engrenagens do vídeo zunindo no casarão silencioso. Damiana passou a agradecer pela companhia inusitada. Pelo jeito como parecia reconhecê-la como uma igual, uma amiga.

Ele gostava de conversar com ela. Mais de ouvir do que de falar. Diante de tamanha familiaridade, ela confessou que se sentia um pouco acuada. Solitária, até. Como se não fosse mais ela mesma. Érico simulava compreender.

— Não é uma coisa fácil essa que você está fazendo — murmurava. — Mas aprecio muito a sua coragem. Sabe, eu sempre quis ser pai. Desde menininho. Eu brincava com as bonecas da minha irmã. Falava para os meus pais que teria uma família enorme.

E o rosto estranho dele, com aquele magnetismo irritante, era repentinamente inundado por alguma substância líquida, semelhante à pureza, mas diferente.

Damiana, em suas carências todas, começou a ter fantasias. Não é injusto dizer que ele as cultivava, calculando os charmes enquanto ela dormia cedo e sonhava que estava grávida de amor. Não que ele a cortejasse, não podia dizer isso, porque os sinais não eram tão claros; era mais o jeito como ele sorria e sussurrava que ela era muito bonita, e que seu filho teria sorte de partilhar daquela beleza. Podia ser apenas educação. Uma gentileza ensaiada.

Por isso ela guardava para si aqueles tormentos e tentava não ansiar pelas manhãs de café e pãozinho com ovo, pelos passeios de carro em orlas de mentira de um lago de mentira. Culpava-se por estar tão confusa. Por estar misturando as coisas. Foi o que ele mesmo disse, mais tarde, muito tempo mais tarde: *Você que pediu.*

Ela não se lembrava de ter pedido, mas talvez sua solidão tivesse começado a emitir uma pulsação cansada, bem pequena, a força gravitacional que atraía os corpos famintos. Sabia que ainda era um pouco ingênua, mas podia imaginar sim o que ele viu, naquela tarde em que se deitou no sofá para descansar, o vestido fresco deixando expostas as pernas nuas.

O dr. Érico, a barba do dr. Érico incitando pensamentos quando roçava seu pescoço em um afetuoso abraço. Não foi nenhuma novidade o beijo, ainda que súbito, cavado de lado quando ele se curvou para verificar se ela precisava de algo, já esperando que precisasse.

Damiana gostou do beijo, do jeito como ele acariciou seu pescoço com as mãos firmes. Deixou-se cair para dentro dele, apreciando aquele carinho úmido, que foi bom por alguns instantes. Até o momento em que ele se converteu em um animal selvagem, livrando-se das calças e do cinto com a rapidez de alguém que não podia correr o risco de desistir. Em uma coreografia desajeitada ele se deitou nu ao lado dela, tomando cuidado com a barriga, e deu três, quatro estocadas dentro do corpo de Damiana, alucinando-se, porque a missão estava cumprida. Ela sentiu dor. Quis resistir, voltar atrás, mas agora não havia mais tempo. Porque ele só pensava em si mesmo, e até o ressentimento era uma forma egoísta de seguir em frente.

Damiana também não podia negar, foi bom ser desejada aquele tanto. Mas o prazer tinha sempre gosto de culpa, e toda culpa doía. Ela permaneceu imóvel, revolvida, quando acabou. Deixou que ele corresse para longe, apressando-se em se limpar e apagar os vestígios. Alguma coisa dentro dela lhe disse que ignorariam as coisas que aconteceram naquele sofá. Porque havia um serviço sendo prestado e Damiana não poderia se dar ao luxo de falhar. Porque ele tinha feito tudo de maneira imperturbável, e a responsabilidade pelos erros, não importava quais fossem, sempre seria unilateral.

Não falariam sobre isso também.

Quase seis meses depois, descobriram o sexo do bebê. Tiveram um longo debate sobre se deveriam saber ou não — Érico queria, mas Daniela achava que manter o mistério era melhor. No centro do debate, repousando serena na cadeira do ginecologista, Damiana só desejava que parassem de discutir enquanto sentia o líquido gelatinoso ser espalhado pelos meridianos de sua barriga. Fechava os olhos nesses momentos, porque não queria ver as imagens que apareciam no monitor. Mas não conseguia obstruir os ouvidos.

Tentava pensar em outras coisas, outros sons. Nos pássaros, nos rios e na voz de quem mais amava. Entretanto, tudo o que conseguia ouvir eram as reações ansiosas e entusiasmadas de Daniela, os murmúrios aprovadores do dr. Érico e a simpatia forçada do médico, que agora falava *Quase certeza de que vai ser um meninão.*

Érico vibrou de felicidade, abraçando a esposa, enquanto Damiana, olho entreaberto, virou a cabeça. Não falava mais com o patrão. Com o retorno de Daniela à casa, na santa ignorância dos inocentes, o pecado que cometeram havia sido invalidado, jogado para debaixo do tapete. A sensação era estranha, Damiana não compreendia a mágoa que ia se acumulando nos cantos de seu peito engessado. Aquela dor de coração partido, que conseguia ser abstrata e física ao mesmo tempo.

A época da amizade havia sido uma farsa. No fim, ele só queria se aproveitar. Mas ela ficaria bem, não precisava dele. Nunca tinha precisado de ninguém.

Então, um menino.

Não perguntaram se Damiana queria saber, ela não era importante naquela equação, mas depois de ouvir concluiu que não queria. A barriga erguera uma espécie de muro de isolamento entre ela e a criatura que crescia. Como uma barreira que a protegia de encontrar qualquer traço seu naquele mistério que se multiplicava entre suas costelas. Não achava, de fato, que havia qualquer conexão, era só um corpo emprestado a outro.

Saber que era um menino a fazia imaginar coisas demais. De repente, Damiana ia pensando em como ele seria no seu existir. Se guardaria alguma coisa dela. E pensava que, se tivesse chance de tê-lo de verdade, como mãe além de procriadora, faria com que fosse um homem bom. Nada a não ser um homem muito bom.

Eram pensamentos rasos e perigosos, que ela não alimentava nem deixava crescer. A experiência com o afeto falso demonstrado pelo patrão ainda era recente demais para que se arriscasse a fantasiar de novo. Por isso amordaçava sua imaginação e tentava voltar a pensar no menino como um caroço gorduroso com pernas e braços. Quando ele se mexia na sua barriga — e se mexia muito — ordenava baixinho e rispidamente que parasse de tentar fazer com que ela o amasse. Como se a ouvisse, ele parava.

Daniela e o marido discutiam nomes. O tempo inteiro. Haviam estabelecido uma espécie de jogo, no qual qualquer um deles atirava uma sugestão na mesa em intervalos esporádicos, pouco importando se Damiana estava no meio do fogo cruzado de péssimas ideias.

Por um tempo, Daniela insistiu em Matheus. Depois Gabriel. João Felipe, Eduardo ou Maurício.

Érico queria Dante, Daniel ou David.

David. Falado como na pronúncia inglesa: *Deividi.*

— É um bom nome — dona Daniela concordou, dando o braço a torcer, entusiasmada com a ideia de ter um filho meio gringo.

Terminando um sanduíche, farta daquela conversa mole, Damiana pedia para se recolher e dormir. Ultimamente andava dormindo bastante durante o dia, era constrangedora a forma como estava sempre cansada. Sozinha na cama, sem encontrar posição confortável, pensou em voz alta, *Nataniel.* O nome, mesmo que ele nunca soubesse disso, seria Nataniel.

12

Talvez Daniela não fosse tão silenciosamente apática quanto parecia. Era possível que tivesse percebido alguma coisa acontecendo debaixo do véu de normalidade. A patroa farejava o ar quando o corpo do dr. Érico parecia evitar esbarrar no de Damiana por pura aversão e ele se desculpava apressado; ou mesmo quando flagrava a menina distraidamente acariciando a própria barriga. Daniela parecia perceber tudo, mas com um sorriso de canto de boca escolhia ignorar. Maior privilégio da vida, poder ignorar.

Um dia a mulher chamou Damiana e pediu que entrasse no carro para dar uma volta. Ela obedeceu com os ombros caídos e uma enxaqueca terrível que sempre pressagiava crises de enjoo. Esperou que fosse rápido e se apavorou um pouco ao ver a patroa dirigindo sem cuidado por estradas cada vez mais longas e sem sentido.

— Pra onde a gente tá indo? — perguntou, com timidez.

— Você vai ver — Daniela resmungou.

Entraram, afinal, em um lugar onde a pista desaparecia para desembocar no pó e na sujeira. O barro pintava de marrom as poucas calçadas existentes e Damiana reconheceu o barulho insistente dos pombos que arrulhavam por comida e das mulheres que gritavam por crianças, saindo de casebres forrados com tapumes para olhar o carro. Uma montanha azulada de lixo se erguia no horizonte, acompanhada pela nuvem negra de urubus. O cheiro flutuava em ondas nauseabundas, impregnava a roupa, colava no nariz e no rosto, era a estética da podridão. Sim, Damiana era agora capaz de reconhecer onde estavam, porque reconhecia de longe a marca da pobreza.

Daniela pediu que ela descesse do carro e atravessaram juntas até um campo de várzea, onde meninos barrigudos de oito a nove anos, no máximo, disputavam uma bola estropiada. Botou os óculos escuros e ficaram as duas sentadas em um banco, assistindo à nada emocionante partida das crianças. Profundamente em silêncio. Que cena faziam, Damiana pensou.

Daniela tirou da bolsa um pacote de balas de caramelo. Damiana pensou que fosse distribuir às crianças, mas ela o abriu, ofereceu-lhe por hábito e logo começou a comer com a voracidade de uma viciada.

— Érico nunca gostou de me ver comendo doce desse jeito — confessou. — Deve ser por isso que você está surpresa.

Damiana não estava surpresa. Poucas coisas a surpreenderiam naquela mulher que era, de tantas formas diferentes, uma completa tenda de mistérios.

— Sabe como eu conheci o Érico? É engraçada essa história. Eu trabalhava em um café, era bem novinha, tinha acabado de chegar aqui, era garçonete. O café ficava perto da universidade onde ele dá aula hoje, então ele sempre ia lá. Comia um cuscuz, bebia um cafezinho. E eu nunca caí no papo dele. Acho que isso foi fundamental. Você deve ter percebido que ele adora chamar atenção.

Damiana assentiu, interessada. Impossível imaginar Daniela, com suas feições delicadas, com seu corpo de porcelana, servindo mesas. Servindo os outros. Não combinava com ela. Era uma conta que não fechava. A patroa pareceu pescar seu pensamento.

— Eu não nasci madame, Damiana. E nunca nem pensei que acabaria assim. Mas o Érico veio, sim, e insistiu até me conquistar. Disse que eu dei trabalho. Ele queria que eu estudasse e vibrou quando contei que queria ser atriz. Ele me incentivou. Me deu tudo para que eu me concentrasse na minha arte. Mas você deve ter percebido que até isso é uma baita mentira.

— Não percebi nada não senhora.

— Eu não sou atriz coisíssima nenhuma. Mas é verdade que gosto dessa vida. De ficar sozinha no meu canto, ninguém me perturbando o juízo.

Fizeram silêncio. No campinho, um dos garotos derrubou o outro, e uma pequena briga começou. Observaram, sem interferir, aquela dinâmica selvagem com a qual os meninos, em qualquer pedaço do mundo, pareciam se criar. Nenhuma das crianças vestia mais do que uma bermuda esfarrapada e todas tinham em comum uma certa crueza de bicho. Os dentes de leite saltavam risonhos dos lábios estourados, fosse por brigas anteriores ou por mãos de adultos. Todos pareciam famintos e estrangulados de raiva.

— Por mim, eu adotava — Daniela disse, de repente. — Uma criança como qualquer uma dessas. Mas o Érico precisa disso, dessa coisa de ter o mesmo sangue, como se importasse. Ele quer um filho só dele.

Suspirou e continuou:

— Ele é um homem muito bom, apesar de tudo. Ele me fez. Essa mulher que eu sou hoje é dele também. Ele é um arquiteto de gente, Damiana. Não pense que ele não calcula tudo. Ele sempre tem um plano.

Damiana queria perguntar. Mas estava com medo. Não sabia exatamente o que Daniela queria dizer, porque nunca falava às claras. Nem o que potencialmente sabia.

— A senhora é feliz com ele? — arriscou.

Com uma risada estridente, a patroa pegou a última bala do pacote e o amassou.

— Como não ser feliz se temos tudo e ele está lá? Não importa para onde vá, aquele é o meu homem. Ele sempre volta para mim.

Damiana pensou em uma história sua. Não era uma história boa. Nem sabia por que estava pensando nisso, fazia tanto tempo. O caso é que seu pai, quando era vivo, costumava sumir. Não era novidade para a mãe, nem para nenhuma das crianças. Naquele tempo, sendo a mais velha, Damiana destilava algum rancor quando ele voltava da serra, sem fazer caso do desaparecimento. Como se desaparecer fosse normal. Obediente, a mãe vinha pôr a mesa e mandava a menina descascar as cebolas para fazer a sopa. Precisou de muito tempo, precisou que ele sumisse de vez e que ela estivesse ali, naquele novo pedaço da vida, para finalmente entender. Não era pelo pai que a mãe fazia isso. Que o esperava voltar e servia sua comida sem mais perguntas. Não era por ele. Ela que nem sequer tinha chorado ao sabê-lo morto.

Era para mantê-los todos juntos. Colados, como uma pasta que dava significado à família. Damiana entendeu, do seu próprio jeito, que o medo da solidão podia tirar a coragem das pessoas.

Daniela, com sua serenidade, logo apontou para os meninos que agora mancavam de volta para casa, arrefecidos da surra.

— Eu e você, Damiana, entendemos esse mundo. Mas o Érico não. É por isso que esse filho é dele.

— E da senhora.

— Não. Até depois que ele nascer e estiver nos meus braços, esse filho é do Érico. Não estou dizendo que não vou amar essa criança. Eu já amo. Mas não vamos esquecer por que estamos aqui.

Ela se levantou do banco com tanta agilidade que Damiana precisou de ajuda para acompanhar, com o peso que agora arrastava seu corpo. Não tinha entendido uma só entrelinha que aquela patroa queria sublinhar, mas estava exausta e sentia-se feliz em ir para casa. Deve ter murmurado alguma coisa, algo como *Eu não entendi por que viemos aqui*, este lugar tão longe, tão diferente. Naquele momento, rapazes mal-encarados surgiram dos becos para observá-las entrar no carro, com cigarros pendendo da boca e embrulhos suspeitos no cós das calças caídas. Sentiu um medo avassalador de ser agredida ou roubada, mesmo que não tivesse nada para ser levado.

— Querida — Daniela então riu, assumindo o volante e acertando a marcha a ré com truculência. — Querida, eu queria apenas mostrar o que aconteceria se você resolvesse ficar com o bebê. Não que você esteja pensando nisso. É claro que não. Seria de uma burrice sem tamanho.

13

É claro que seria burrice.

Nadando no líquido oleoso que reveste todos os bebês antes de existirem, a criança, dentro de Damiana, se antecipou. Ela acordou em pânico com dores que pareciam rachar suas costelas ao meio. Estava enorme agora, mas, pelos cálculos dos patrões, ainda faltavam duas semanas ou mais para dar fim àquele delírio que tinha se tornado sua vida, seu corpo jovem e sua cabeça de vento. Procurou se recobrir de alguma calma, calçou os chinelos, vestiu um casaco por cima da camisola e, despontando no corredor escuro da casa que ainda dormia, deu um longo e sonoro berro.

Daniela veio primeiro, é claro, ela que não dormia nunca. Suavemente, como Damiana não achou que fosse possível, a acolheu nos braços e avisou que ficaria tudo bem. O dr. Érico surgiu atarantado, sem saber se colocava os óculos ou calçava os sapatos, e no fim concluiu que deviam todos ir para o hospital, agora mesmo, porque aquilo não era só dor. Uma dor que transfigurava o rosto era novidade. E Damiana, naquele momento, parecia vestida de outra pessoa.

Deram entrada no pronto-socorro da maternidade com a papelada em mãos e o médico bipado e convocado pelo telefone. Os residentes logo verificaram a dilatação e, preocupados, espetaram coisas em Damiana. Soros para hidratação e medicamentos para que se esquecesse da dor. Não podia fazer a entrega assim, ela pensava. Não era para ser desse jeito.

O médico chegou, afinal de contas, com os cabelos despenteados e um humor forçado. *Parece que temos aqui um rapaz com pressa*, tentou brincar, mas esbarrou no medo congelante de Érico de que o investimento, feito com toda a preparação, se perdesse nos fios de sangue que corriam pelas pernas de Damiana. Fios consistentes e claros feito geleia de morango.

Damiana só conseguia pensar nos inúmeros animais que tinha visto darem à luz quando menina, as éguas, as porcas, as cachorras de tetas caídas, todas sabendo o que fazer por instinto. Sentia os ossos do quadril se abrindo enquanto seu corpo regurgitava, sem espaço para raciocinar. Tudo dentro dela se comprimia em um único ponto que buscava o alívio, só o alívio, sem abrir margem para mais nada. Ela queria expulsar a criatura e desaparecer enquanto isso. Para fazer existir era preciso deixar de ser.

A sala de parto tinha um cheiro asséptico de álcool, e a maca onde a puseram estava gelada. Sentia frio, ali sentada, enquanto o médico estudava suas brechas. Érico e Daniela não estavam lá. Damiana tinha certeza disso, de que estava cercada por estranhos que avaliavam, preocupados, um grau de perigo desconhecido. A dor era terrível. Sentiu o corpo inteiro se rasgar ao meio e pensou que nada sobraria, nada poderia sobrar daquele ato de horror.

— Eu quero que isso saia de mim — ela gritava, chorando. — Me ajuda, mãe.

Como se a mãe pudesse ouvir.

— Calma — pedia o médico. — Quando eu falar, preciso que você empurre.

E ele nem precisou dizer. Enquanto sentia a pele se distender, certa de que estava prestes a sangrar até a morte, que nunca mais veria o rosto da mãe nem das irmãs, empurrou. Não tinha certeza se estava conseguindo ou se desperdiçava o esforço, deixando verter todos os líquidos e subprodutos de seu corpo pequeno menos a criatura que o habitava sem pertencer. Mas o médico parecia satisfeito. O médico que sabia que ela tinha se vendido. Ele acenava para ela e dizia *Muito bem. Eu já consigo ver a cabecinha.*

Damiana não conseguiu perceber o exato momento em que a dor de ter se partido em muitas começou a diminuir e de repente um corpinho magro e arroxeado deslizou para fora dela, inconsciente da forma. O bebê logo foi agarrado pelos enfermeiros porque não respirava direito, e foram necessárias várias manobras para que enfim anunciasse, no ar, que estava vivo. E que estava com medo. O médico continuava debaixo dos joelhos de Damiana, preocupado com o sangramento que não cessava, costurando os próprios desvios feitos à lâmina.

Eu quero vê-lo, ela teve o desplante de pedir quando vislumbrou a criança empapada e amassada em um cobertor, a pele roxa revestida de argamassa branca, sua primeira proteção contra os percalços do mundo. O médico hesitou. Não sabia se permitia ou não. Os verdadeiros pais aguardavam aflitos atrás da janela da sala de parto, havia lhes prometido que no momento certo as cortinas seriam abertas para que vissem o herdeiro adquirido. Mas o olhar de Damiana. Era de dar uma pena que só. Ele assentiu com pressa, e um enfermeiro veio lhe trazer o pacotinho quente e úmido. Tiveram apenas dois minutos.

Damiana gostaria de poder dizer que memorizou algum detalhe do primogênito por força do acaso. Qualquer coisa que tivesse guardado consigo daquele término de contrato, daquela vida que era abandonada de pronto. Mas, desfalecida de suas forças, pouco teve como contemplá-lo. Era tão pequeno e feio. Ainda não estava terminado, pensou, pois nem os olhos conseguia abrir e a cabecinha careca não trazia sequer uma penugem fina. Ela beijou as mãozinhas frias. Não sabia se devia ter feito aquilo, mas talvez assim lhe desejasse boa sorte. Ela que nunca mais o veria em vida nem teria como lhe dizer o nome. Desmaiou antes que abrissem a janela.

14

Enquanto Damiana descrevia seu primeiro parto, Gabriela seguia sangrando. Não sentia dor, apenas aquele fluxo infindável de sangue que fazia seu corpo inteiro cheirar a ferro. Mais tarde, ao voltar para o quarto, percebeu que os absorventes estavam perto de acabar. Ela não imaginava que fosse encontrar um pacote reserva ali, naquele lugar habitado por apenas duas mulheres no penhasco da idade, de forma que em algum momento teria que ir à cidade. Como de costume, começou a se preocupar demais e acionou a moça invisível.

Abriu a conversa no celular quase com animação. Não tinha apagado o histórico, como fora sugerido, talvez por uma espécie de apego às avessas. Não pretendia criar provas contra si mesma, mas carregava esse terrível defeito de guardar afeto por todas as pessoas que a ajudavam. A moça invisível jamais seria esquecida.

Ainda sangrando. É normal mesmo?, Gabriela digitou.

A mulher demorou cerca de três minutos para responder.

Você tomou a garrafada toda?, perguntou.

Sim.

Gabriela podia sentir na garganta o gosto do vinho rançoso e curtido que tomara a goladas, todos os dias de manhã e na hora do almoço, por duas semanas consecutivas. No começo, achou a experiência pavorosa: o líquido vermelho queimava seu estômago e era um pouco adocicado no fim. Mas depois foi se acostumando e até gostando do ritual de servir o copinho na pia vazia. Percebeu que a dor ia desaparecendo conforme a garrafa era esvaziada, como um anestésico, e às vezes acontecia de ficar embriagada. Quando chegou ao último gole, sentiu-se até um pouquinho melancólica. Não jogou a garrafa fora, ainda jazia no fundo de seu armário, com as ervas esmagadas. Não tinha coragem de se desfazer dela também.

É normal. Está limpando o útero.

A moça invisível não respondeu mais nada e Gabriela entendeu que não havia espaço para perguntar. Pouco a pouco, o elo entre elas seria cortado. Por vários dias, especialmente no último mês, Gabriela se perguntara quem seria aquela mulher misteriosa escondida do outro lado da tela. Uma enfermeira, talvez. Com certeza uma profissional de saúde. Mas só podia deduzir.

O contato da moça invisível havia surgido na caixa de e-mail de Gabriela depois de um almoço terrível em que cometera o erro de desabafar sobre seu problema, seu grande, enorme e desconfortável problema, para algumas amigas íntimas do trabalho. Ela ainda não tinha ideia de quem o enviara. Primeiro pensou em Rita, que era descolada e cheia de contatos. Mas na hora se lembrou de que Rita era católica e acreditava em virgens. As outras amigas, da mesma idade e mais ou menos com o mesmo pensamento, não pareciam ser do tipo que fariam mistério com uma informação tão útil. Se soubessem como ajudar, teriam dito pessoalmente.

Mas o contato veio na surdina e de forma misteriosa, podia ser mesmo qualquer pessoa. O remetente ajudandoumamulher@gmail.com encaminhou, de forma sucinta, apenas uma instrução: *Mande uma mensagem para ela dizendo que precisa de ajuda para resolver um problema.* O contato vinha logo abaixo. Gabriela imediatamente adicionou o número, desesperada que estava, e enviou um *Oi, preciso de ajuda para resolver um problema.*

A moça invisível não tinha nome, nem foto, nem qualquer informação que a identificasse. Era uma entidade, ou talvez várias, pairando do outro lado da tela, em um plantão secreto do submundo feminino. *Eu não existo*, ela foi logo avisando. *Mas vou te ajudar.* Gabriela resolvera chamá-la de moça invisível por falta de um substituto melhor, e de fato amara aquele socorro que chegava em forma de anonimato. Não encontrava palavras para agradecer agora que passara o furacão, mesmo que ainda não tivesse se recuperado de todo. Devia muito a uma mulher que não existia — um paradoxo difícil de solucionar.

Enquanto bloqueava a tela do celular, pensando nas coisas que aconteciam do jeito mais inédito e imprevisível, alguém bateu na porta e Gabriela se assustou. Às vezes tinha longos momentos de ausência, como se ainda não acreditasse que estava ali. Fisicamente ali. Entrevistando aquela personagem da sua vida no pior dos momentos. Se ainda fosse à terapia, provavelmente ouviria que estava tudo relacionado, que a experiência da dor era um longo corredor cheio de portas para o passado. O impulso nascia do desespero, da tentativa de se livrar de um problema se agarrando a outro. Ela sabia disso. Mas no desespero, pelo menos, se movia.

Quem batia na porta, afinal, era Damiana.

— Estamos indo catar milho pro almoço. Não quer vir com a gente? Aproveitar e conhecer a roça?

Gabriela olhou para as próprias anotações, para o computador aberto com as primeiras linhas escritas, mas não precisou pensar muito. Pulou da cama, jogando tudo para o lado, e concordou, porque a oportunidade de ficar perto de Damiana a distraía e seu corredor de tristezas, sua longa galeria de traumas, só tinha uma porta.

15

Quando acordou, após o parto, Damiana sentiu os peitos doerem, encalombados. Debaixo da camisola, primeiro um colostro invisível e depois o leite brotaram incansáveis, como continuariam a brotar, insensíveis à ausência. Uma enfermeira apareceu e, carinhosamente, a auxiliou na difícil missão de espremer o leite em frascos de vidro. Damiana queria perguntar se aquilo iria alimentar Nataniel, se ele ainda estava ali, se passava bem. Mas não perguntou. Deixou que esvaziassem suas tetas. Estava sozinha em uma ala rica do hospital. Sozinha em um quarto particular.

Até que a prima chegou, esbaforida, anunciando com estardalhaço sua presença.

— Desculpe a demora — foi dizendo. — Menina, você está com uma pele ótima. Nem parece que pariu.

Para Rose, aquele episódio era insignificante e seus impactos na trajetória do corpo haveriam de passar. Não fez menção à criatura que Damiana entregara ao mundo apenas doze horas antes. Fez questão de falar, sim, sobre os arranjos comerciais que ela, sendo recrutadora e da família, se encarregou de selar tão logo fora avisada do acontecimento por telefone. O casal não saíra dali sem pagar tudo o que devia, Damiana podia ter certeza. De que tinha ao alcance uma defensora fiel de seus interesses.

Abrindo a bolsa de couro falso que carregava a tiracolo, a outra exibiu o peso de seu triunfo: a quantia final prometida por Érico e Daniela, dessa vez paga em espécie, em um envelope da grossura de um tijolo. Damiana teve vergonha daquela indiscrição, logo na frente da enfermeira que levava embora os potes de leite. Pediu que escondesse o pacote.

— Você está feita na vida — a prima garantiu. — Você e sua família toda. Já liguei para a sua mãe e avisei que a gente está a caminho.

Damiana procurou Érico e Daniela no dia seguinte, quando deixou os corredores do hospital caminhando com a lentidão do puerpério. Por um reflexo de convivência, esperava vê-los por ali. Depois, se achou uma idiota por acreditar que aquela relação comercial tivesse sido alguma coisa sólida, que mereceria cumprimentos finais e um abraço de despedida. Fechou os olhos, sendo guiada pelos braços da prima até a manhã ensolarada, os dentes doendo com a própria ilusão. Pensou nos papéis, assinados com tanta cautela num escritório chique de advogado, naqueles dias e meses que antecederam a visita à sala de parto. Estava óbvio agora que o casal pavimentara legalmente seu sumiço.

Rose providenciou que fossem levadas de volta à fazenda de motorista particular. Damiana dormiu o caminho inteiro, porque é verdade que estava exausta. Era difícil ser devolvida a si mesma depois de nove meses produzindo calor, e voltar ao que era antes. Era como ter atravessado algo intenso como um terremoto ou um vendaval, e restar inteira. Estranhamente inteira.

Porque, exceto pelos peitos que continuavam a deitar seus líquidos e pela pele repuxada dentro das calças, ela não se sentia tão diferente. Pensou até que tivesse um defeito de fábrica. Por conseguir se desligar daquela experiência infame do abandono sem uma urgência desesperada de morrer. Por não sentir nada exceto o vazio que prenunciava o cansaço.

E quando chegou em casa, finalmente em casa, teve o distanciamento agravado pela força da recepção. As irmãs surgiram de todos os cantos para abraçá-la e contar como estavam com saudades. As mais novas já eram mocinhas, e as mais velhas, Damiana agora percebia, se transformavam em mulheres vistosas. A casa que a mãe ia construindo na antiga roça — agora um terreno delas por direito — estava parcialmente pronta. O térreo, ao menos, estava concluído. Uma casa enorme.

A mãe, Damiana logo percebeu, reluzia. Veio cumprimentá-la com os cabelinhos crespos ainda curtos, escondendo em formato de cuia as marcas da cirurgia recente. Estava mais magra, porém mais corada e parecia feliz. Damiana nunca a tinha visto feliz. Achou que lhe caía bem o corte do sorriso.

— A sua irmã precisa descansar — a mãe logo tratou de dizer. — Deixem a coitadinha em paz.

Então foi permitido que dormisse. Num quarto reservado só para ela, com o luxo de uma cama enorme e um ventilador de canto. As mulheres da casa respeitavam o momento. Falavam baixo, timidamente, e pisavam o chão em passos de veludo. Quando era noite cerrada a mãe veio trazer um curau de milho para fortificar o corpo, que serviu à filha em colheradas na boca.

— Mãe. A senhora sabe o que eu fiz?

Damiana não tinha certeza se aquela mulher simples de silêncios fartos, sua mãe tão tacanha, compreendia tudo. Talvez pensasse que o dinheiro era fruto de um serviço menos indigno. Percebeu que estava errada só pelo jeito como ela abaixou a colher e repousou o prato nos joelhos, envergonhada.

— Eu sei que você é uma menina muito corajosa — ela sussurrou, por fim. — E que cuida de nós como seu pai não cuidou.

— Eu tenho medo de como vai ser agora. Se vou sentir falta.

A mãe, que não era dada a afetos, ensaiou fazer uma carícia em seu rosto, mas logo recolheu a mão, desabituada ao gesto, e voltou à dureza da indiferença, que Damiana conhecia melhor.

— É só deixar levar, minha filha. Se até dos mortos a gente esquece. Você vai esquecer.

Damiana queria esquecer logo, mas todo esquecimento era um processo. Descobriu quando acordou após sucessivos cochilos com a marca de dentes abocanhando seu baixo-ventre, um calor insondável na barriga, do corpo que requisitava um colo. E os fios de leite esbranquiçados, indecentes, persistindo em molhar a costura dos sutiãs. Não se sentia outra, no fim das contas, mas sabia que era. Olhava-se no espelho, assentava os cabelos, que caíam compridos, e não tinha resposta para o que fazer de si mesma naquela hora, como esconder a própria vergonha de ter se partido em duas, sem se despedir da outra metade.

A família se ocupava de lidar com o seu silêncio. Sempre tratando de desviar os assuntos, de causar barulho e espantar a estagnação pelo caos. Damiana era grata, às vezes funcionava se infiltrar no mexerico das irmãs, que andavam tontas com namoradinhos, ou ajudar a mãe a preparar o almoço, peixe assado, arroz com pequi e milho cozido, frango caipira ao molho. Fazia tudo parecer como antes. Brasília, o dr. Érico, d. Daniela. Nataniel. Em breve, tudo viraria fumaça. Já conseguira se esquecer de coisas piores.

O ruim era quando calhava de estar sozinha. Quando pisava em falso, no corredor, e voltava a lhe assombrar a falta. Na verdade, a falta de sentir falta. A cobrança que não reconhecia como uma forma própria de luto.

Foi Rose quem apresentou uma solução controversa para o impasse. A prima falante, que tomava para si alguns louros daquela conquista, cobrindo-se de joias e outros luxos, veio dizer *Olha, Damiana, eu sei que não é fácil. Mas a gente pode dar um jeito nessa sua tristeza.*

O jeito era simular, no fundo da propriedade, ali na beira do rio, um pequeno funeral. A prima tinha na cidade um mentor, uma sorte de adivinho que jogava cartas e búzios, a quem consultava nos momentos de aflição. Esse homem é que tinha dado a dica: *Às vezes, para se livrar de alguém, a gente precisa matar dentro da gente, e enterrar, para acreditar que morreu.* Rose havia feito incontáveis enterros de mentira em sua quitinete apertada, queimando fotos de ex-namorados traiçoeiros em cestinhas de bambu, depois disfarçando o cheiro com incenso e reza. Convenceu Damiana de que funcionava, mesmo que o caso fosse outro.

Com uma pá abriram uma pequena cova no quintal. Rose pediu à prima que se imaginasse depositando ali um bebê. O seu bebê. Era a primeira vez que falava essa palavra, e não parecia confortável com o que ela representava. Damiana olhou fixamente para o montículo de terra e não pensou em nada. Foi um momento constrangedor em que desejou voltar para casa e se abrigar debaixo das cobertas, mirando aquele buraco no chão sem esperar que ele fizesse sentido, até de repente começar a chorar. Um choro convulsivo, voluptuoso, quase vomitado, que fez com que precisasse enfiar as mãos na boca para abafar os ruídos indecentes.

Rose lhe deu palmadinhas delicadas nas costas, como se entendesse, e jogou no buraco um embrulho feito de pano velho e estopa, um simulacro de criança que havia preparado na cozinha com alguns pedaços de barbante. Fechou a cova falsa e fincou ali uma cruz de madeira sem marcas.

— Pronto, morreu — definiu. — Não há mais nada a ser feito.

16

Tem gente que vive para ser protagonista da vida, e tem quem seja arrastado por ela. Damiana tinha duas certezas: uma era de que pertencia ao segundo grupo, a outra, de que Rosimara era indefectivelmente do primeiro. A prima solucionadora de conflitos logo começou a envolver a rotina da casa com seus tentáculos de influência, comandando por iniciativa própria a contabilidade que agora cobria a família de luxos nunca imaginados, como o forno elétrico e a escola particular para as meninas mais novas, com uniforme e transporte até a cidade, sem falar na geladeira novinha onde sobravam refrigerantes e guloseimas. Depois, arranjou muitas viagens para garantir que Damiana enterrasse em definitivo seus mortos imaginários.

E viajaram. A mãe de Damiana tinha um sonho antigo, da época de católica, de conhecer o Santuário Nacional de Nossa Senhora de Aparecida, e fizeram parte do percurso de ônibus leito, outro mimo impensável, completando o caminho com uma procissão cansativa que encheu seus pés de bolhas. Dali partiram para conhecer a grande e caudalosa São Paulo, abismadas com o tamanho esmagador dos prédios, transportadas a outros mundos pelas ruas da Liberdade e fascinadas pelos cacarecos da 25 de Março.

Damiana e a mãe, acompanhadas da própria Rose e duas das irmãs mais novas, visitaram também Caldas Novas. Compraram até uma máquina fotográfica, para deixar registrada nos rolos de filme a intrépida aventura no paraíso de piscinas termais. Damiana achou estranho ver a pele derretida da mãe dentro de um biquíni. Costumava achar que ela não tinha corpo, sempre coberta por camisolões compridos e sem mangas, agora substituídos por uma moda mais maleável, ainda que pouco sofisticada. Era um dos maiores estranhamentos daquela vida que se instalava. Mostrava que elas estavam ali, que existiam de um jeito completamente diferente do qual sempre tinham existido — era até engraçado imaginar.

De sua parte, Damiana também via o próprio corpo mudar. O corpo magro, juvenil e firme agora se enrugava em partes improváveis, tinha estrias na barriga e os peitos caíam de um jeito murcho, desabando com o peso do alimento não consumido. Ela percebeu que continuava jovem, mas se assemelhava às velhas cansadas que esticavam as pernas marcadas de varizes nas piscinas de hidromassagem. Pensou em desabafar com a prima, que entendia dessas questões de beleza, de como as mulheres precisavam se sentir bonitas para fazer sentido no mundo, mas desistiu. Assumir que via as próprias marcas e cicatrizes era pensar no que tinha feito. E vivendo aquele estupor de prazer e exílio, amaciada pelo sol e pelas curvas do vento, ensaiava não se lembrar de nada.

A mãe estava certa: viviam muitas vidas em uma e eram bem capazes de esquecer todos os tipos de mortos, mesmo os muito amados. Damiana não chegara a amar Nataniel, convenceu-se um dia, e de novo um ano depois. Quando se perdoou por essa falha de caráter, calhou de se convencer a seguir em frente.

Voltou a morar na roça, interessada na construção da casa, e se matriculou na escola para adultos em busca de retomar os estudos provocados por Daniela — só para desistir na metade. Os caminhos das letras eram tortuosos, e já estava de bom tamanho que soubesse o básico.

Preferia ver as irmãs — mais viçosas e com tino para a vida acadêmica — aspirando a fins maiores. Dava um orgulho só. Uma delas se formaria no magistério ainda naquele ano. Queria um anel com esmeralda e prometeu seguir a carreira de professora. Chamava-se Jéssica Bianca. Criatura angelical, uma das melhores, era dedicada e não tinha olho para homem.

A compra do anel, curiosamente, acionou um sinal de alarme nas finanças. Aconteceu quando Damiana foi ao banco e, informada pelo gerente da conta que ela tinha aberto muito a contragosto, descobriu que faltavam fundos; era o anel ou o forro da casa. E mais: caso não saldassem uma dívida maior que se avolumava com o material de construção, comprado no carnê, podiam acabar sem nada. Damiana tratou de procurar a prima por telefone.

Rose andava sumida, devolvida a seu lugar em Brasília, e declarou não saber de nada. Jurou de pé junto e por todos os santos que sua parte naquela história estava encerrada, que seu quinhão do dinheiro tinha sido bem investido, e criticou Damiana pela falta de atenção.

— Eu disse que tinha que vigiar os gastos, não foi?

— Achei que era para a vida toda — Damiana retrucou.

— Mas vocês gastaram tanto nessa casa, pelo amor de Deus. Quem é que bota tanto dinheiro para construir um telhado? Vocês ficaram foi loucas. Eu avisei. Avisei que também não era assim. Tinha que economizar, olha a situação do país. Você achou o quê, que o dinheiro não ia acabar? Você foi besta, Damiana.

O ódio fez a boca espumar, e desligou na cara da prima antes que se entregasse à perturbação da raiva. Depois, de cabeça fria e convencida pelo próprio peito mole a rever as indelicadezas, percebeu que era verdade. Andavam gastando como se dinheiro desse em árvore. Como se nunca tivessem sido pobres.

A prima não se deixou abalar por aquela pequena fissura nas relações. No fim de semana seguinte apareceu por lá com uma mágoa disfarçada de benevolência. Prometeu emprestar do seu próprio dinheiro para resolver o anel da formanda. Pelo respeito a Damiana, que tinha feito tanto por ela.

— Você disse que minha vida estava feita — Damiana se queixou. Andava mimada. Tinha no queixo uma papada sobressalente. O rosto engordurado de um viço espontâneo, da pura moleza.

— Uma vida modesta — Rose enfatizou.

A prima, que farejava a lógica dos interesses, logo começou a divagar. Tinha conhecimento de que Damiana não queria saber dessas coisas, mas Érico e Daniela estavam muito felizes. Estupidamente felizes. A ponto de procurá-la uns meses atrás.

— Procurar pra quê? — Damiana cuspiu. Porque era verdade, não queria saber. Pensar nos dois doía na boca, descia um ácido que chegava a cozinhar o estômago, não queria nem ouvir falar deles ou de Nataniel.

— Eles têm amigos, a história correu. Tinham gente para recomendar.

— Eu não vou fazer isso de novo.

Rose disse que não precisava. Não, o que queria dizer é que ela mesma estava começando a se enveredar por aquele mercado que — descobriu — podia ser maior e mais rentável.

— Infelizmente, acabou que sou meio bichada — confessou, com azedume e alguma tristeza. — Estou me vendendo pela metade do que você vale.

Rose havia feito contatos, relatou, orgulhosa do próprio trabalho. Andava de rolo com um profissional do ramo, um aliado de última hora. Moreno, era como ela o chamava. Anderson Moreno. Motivada por algum interesse próprio, veio distribuir penitências e admitiu a Damiana os atropelos e o amadorismo que haviam cometido, as duas, por uma recompensa tão baixa. Deixar que ela convivesse assim tão de perto com os pais da futura criança. Que vivesse quase em regime de confinamento, que tivesse passado pelos horrores de uma inseminação caseira.

— Damiana, nós duas fomos burras. E eu nem imagino o que você passou.

Havia um termo para quem se emprestava daquele jeito, barriga de aluguel. Era mais comum do que parecia, e infinitamente mais profissional.

— O lance são os gringos — Rose continuou, empolgada. — Eles amam vir para o Brasil atrás de bebês saudáveis. Nem precisa ter o sangue deles. E quando exigem que tenham, uma clínica faz tudinho. Você fica no maior conforto.

A prima contou que estava em negociações com um casal de israelenses. Moreno se prestava a intermediar o processo, tratando-a como uma rainha digna de primeiro camarote apesar do sangue bichado. Temia não concluir o negócio, mas tinha fé de que conseguiria. Para ganhar em dobro. Para ganhar em dólar.

— É uma escolha — deu de ombros. — É um trabalho.

17

O milharal de Damiana era um corredor pálido e mingua-
do de espantalhos sem braços e sem coroas. Uma plantação
pequena, que parecia perdida e deslocada no horizonte dos
grandes cultivos. Damiana arrancava e avaliava as espigas
com bom humor, jogando os melhores exemplares em uma
bacia. A cozinheira as acompanhava, com o infalível paninho
na cabeça, reclamando que estava quente demais, cada ano
mais quente que o outro, por isso tinha tão pouco milho,
logo não teriam mais nada. Gabriela também sentia calor e
não sabia muito bem o que fazer, então ficou só observando
as duas mulheres trabalharem, com as mãos protegendo os
olhos do sol.

Pensando em tudo o que tinha escutado até ali, a jornalista
estava cheia de perguntas para fazer sobre o agora. Não apenas
sobre como Damiana parecia perfeitamente feliz e tranquila,
mesmo depois de tudo, mas sobre o que tinha acontecido
com a enorme família dela, a família a quem dedicara tanto.

— Onde estão as suas irmãs, Damiana? — perguntou,
enquanto voltavam para a fazenda.

Gabriela tinha se oferecido para carregar uma das bacias
cheias de milho, que pesava bastante.

— Duas morreram. As outras estão no mundo — Damiana respondeu, com o rosto sombreado de relutância e talvez
alguma decepção. — Só minha mãe ficou comigo.

— E cadê a sua mãe?

Sem fazer caso da estupidez de Gabriela, Damiana apontou o queixo para a frente, onde a senhora idosa seguia sozinha, agora reclamando dos mosquitos. Gabriela sentiu uma terrível vergonha de seu julgamento, feito às pressas, de que a senhora de lenço na cabeça não passava de uma empregada ou cozinheira, uma serva, como se a pele escura a separasse das outras duas. Provou do próprio racismo como quem engole um veneno ácido, e não conseguiu falar mais nada por vários segundos.

— Ela está contrariada. Não queria que eu desse entrevista — Damiana emendou, sem perceber. — Acha que alguma coisa pode acontecer comigo e com a gente. A essa altura. Não tem cabimento.

Gabriela se perguntou, depois, o que aquela mulher idosa pensava de tudo que aconteceu. Se em algum lugar de seu coração lhe doíam os sacrifícios da filha. Se era algo difícil de se lembrar. Ela parecia desafiar a curiosidade de Gabriela, encarando-a de sua estatura mínima, sem piscar, com um sorrisinho de canto de boca. Esperando pela pergunta. Como se Gabriela tivesse autoridade para sondar suas irresponsabilidades. Como se aquela garota soubesse alguma coisa sobre a natureza dos sacrifícios.

Quando chegaram à fazenda, sentaram à varanda para descascar o milho, algo com que Gabriela ficou feliz de se ocupar. As espigas eram revestidas de uma palha grossa e verde, e a mãe de Damiana a instruiu a limpar bem os pelinhos vermelhos que cresciam entre os grãos. Gabriela, que se acostumara a comprar milho em pequenas embalagens de isopor cobertas de plástico filme, nunca tinha imaginado que os danados fossem tão cabeludos. Compartilhou isso com Damiana, rindo dos fios ruivos que escorriam pelo chão.

— Esses eram os cabelos das minhas bonecas — Damiana suspirou. — A gente era feliz e não sabia.

Uma hora depois, a mãe de Damiana serviu um ensopado de frango com milho tão quente que chegava a queimar o céu da boca. Era a melhor comida que Gabriela provava em anos. Damiana riu da forma como ela lambia as pontas dos talheres, abocanhando com voracidade os pedaços de frango que nadavam no caldo amarelo.

— Lá na Argentina sua mãe não te dava comida não, menina? — brincou ela, uma nota de ironia cintilando na voz.

— Nunca tive mãe — Gabriela respondeu, um pouco ríspida demais.

Com isso, fizeram silêncio.

Naquela tarde, Gabriela recebeu uma ligação dos pais. Não se falavam há uma semana. Eles sabiam que ela estava entrevistando Damiana, tinham conhecimento do projeto do livro, mas também sentiam que havia algo errado com a filha, um maremoto desconhecido que parecia transformá-la em silêncio. Ela não contou nada sobre a moça invisível, é claro. Talvez contasse um dia. Haveria muitas perguntas, muita dor e muita acusação. Ainda não estava pronta, e isso era algo que eles sabiam respeitar.

Pediu licença a Damiana e foi atender à chamada de vídeo na varanda, feliz por ver os rostos conhecidos na tela. Eles nunca sabiam direito como segurar o celular, então às vezes ela só via as cabecinhas calvas, uma papada ou um queixo mal barbeado. Naquele dia, enquanto olhava um pedaço de orelha de Pepe e as lentes sujas dos óculos do pai, percebeu que eles estavam mortos de preocupação.

— *Hola, princesita.* Ela gostou de você? — perguntaram, espremendo-se um ao lado do outro para aparecerem na tela ao mesmo tempo. — Está te tratando bem?

— Claro que está me tratando bem, ela aceitou dar a entrevista — Gabriela respondeu, um pouco impaciente.

— A gente só queria saber como estão indo as coisas.

— A história dela é forte, como eu imaginava. Ela está me contando tudo mesmo, desde o início. É impressionante — logo se apressou em dizer, para cortar o clima de constrangimento. Seus pais eram pessoas muito formais e delicadas, cuidadosas demais, e às vezes ela se preocupava com as coisas que eles deixavam de dizer por medo de magoá-la ou de interferir em sua vida.

— *¿Estás realmente bien, princesita?* — Pepe perguntou, aproximando o rosto da tela, porque era um pouco surdo. Ela conseguia ver os pelinhos do nariz dele.

— *Sí,* Pepe. Não se preocupe — respondeu.

Ela preferia falar em português, como seu pai Arthur, mas Pepe nunca tinha aprendido, nem se sentia confortável, então se encontravam no meio do caminho. Ficou comovida com a sensibilidade dele, aquela capacidade de perceber seus incômodos a quilômetros de distância.

— Você não vai contar por que resolveu falar com ela agora? — seu pai perguntou, então.

Ele era mais sério e contido, mas igualmente perspicaz.

— É complicado. Não estou pronta ainda — avisou.

Ao longo da vida, várias pessoas fizeram e ainda faziam a mesma pergunta: *Como era esse negócio de ter sido criada por pais gays?* Antes, costumava ser apenas curiosidade pela forma atípica e incomum de existir. Agora, era curiosidade seguida de tapinhas calorosos, como se aquilo a tornasse uma pessoa diferente e empoderada, quase um experimento científico. A resposta de Gabriela era sempre a mesma, porque nunca tinha muita paciência nem vontade de inventar uma narrativa floreada. Normal, ela dizia. Tão normal quanto pode ser.

Estranho era que ainda lhe perguntassem isso.

— Preciso ir, gente — ela resmungou. — Depois falamos mais.

Se despediram, mandando beijos mudos ao desativarem o microfone sem querer, e depois desligaram. Gabriela ficou olhando a tela por um minuto, considerando a saudade que sentia daquele ponto fixo que organizava seu mundo, e se sentiu profundamente amada — o que era terrível, porque não merecia.

Quando voltou para dentro da casa, Damiana estava sentada na cozinha em sua cadeira de balanço, fumando. Ela chamou Gabriela com o dedo. Por algum motivo, parecia refletir pela primeira vez sobre o fato de que sua história não era mais só sua, e que estava chegando a partes delicadas de contar.

— Queria que você não me colocasse muito assim quando escrever o livro — ela pediu, quase sussurrando.

— Assim como, Damiana?

O rosto dela se contraiu, cheio de vergonha.

— Como se eu fosse um monstro — ela disse, quase num sussurro. — As pessoas julgam muito, minha filha — completou.

Julgam mesmo, Damiana, Gabriela quis responder, sentindo uma fisgada de reconhecimento na pele. *Mas isso é problema delas.*

18

O cafetão de barrigas que Rosimara conhecia, o misterioso Anderson Moreno, era um especialista em boa impressão. Apresentava-se alinhado, terno e gravata, sapatos lustrosos; o sorriso uma peça impecável de charme, com um exótico incisivo de ouro. Tinha um jeito afável de conversar, quase carinhoso. Encontrou Damiana em um café na Asa Norte, quando ela, parcialmente falida e curiosa pela novidade, concordou em voltar à cidade e ouvir a proposta dele.

Rose a acompanhava, já com o semblante desfalecido da gravidez. Seu contrato com o casal israelense havia afinal dado certo, mas a prima passava por maus bocados, a pele amarelada e flácida refletindo os malogros. Era um carregamento de risco, sendo aquele o único dia da semana em que se prestava a sair de casa. Faria tudo para acompanhar Damiana, exagerava. E também estava desesperada para rever o sujeito pelo qual escancaradamente tinha se apaixonado.

Moreno falava três línguas, mexia o cafezinho com o mindinho esticado, e Damiana achou que era de uma elegância só. Com a fala suave, sempre baixa — ela às vezes precisava esticar os ouvidos para entender —, foi explicando que seus métodos não lembravam, nem de longe, a *tortura* à qual a menina fora submetida um ano e meio antes.

Primeiro, era proibido que estabelecesse uma ligação tão próxima com os futuros pais da criança. Isso feria todos os códigos de ética naquele manual surrado da vigilância genética.

Natural que se conhecessem, que apertassem as mãos e se estudassem mutuamente, mas sem o envolvimento emocional que poderia dificultar os passos posteriores. Utilizava assim uns termos práticos, falava em procriadoras e entregas, em tempo de maturação e óvulos doados, artifícios para fortalecer a imagem do negócio. Ele cuidava muito bem de suas meninas, garantiu. E tinha várias.

Damiana estava curiosa para saber mais sobre aquele homem e suas pontes com o mundo de barrigas alugadas, mas teve vergonha de perguntar. Tudo nele exalava uma confiança arrogante, própria dos bem-sucedidos e dos que se gabavam de saber demais. Havia uma demanda expressiva, especialmente internacional, ele explicava. Uma demanda que podiam resolver com discrição e eficiência. Ele cuidava de toda a parte suja e dos meandros legais, faziam tudo debaixo dos panos da moralidade. Era um empresário com visão e muitos contatos em consultórios médicos.

Encabulada, Damiana foi encorajada a falar, a contar sua história. Fazia tempo que não se abria a respeito, e nem gostava, mas diante daquele moço bem-apessoado as palavras brotaram de um jeito que, ela concluiria mais tarde, só podia significar que estivera sufocada. Falou sobre as visitas da enfermeira no quarto emprestado por Daniela, das tardes em que era espetada por seringas, sobre atravessar a corda bamba de uma longa mentira e sobreviver até chegar ao outro lado.

— É lamentável — Moreno a consolou. — Mas se você trabalhar para mim, eu prometo que não haverá nada disso. Esse tipo de procedimento caseiro é… abominável.

O que ele prometia, com ares de sultão, era dignidade. O perfil de Damiana seria anexado a uma tabela que ele oferecia aos clientes, que a escolheriam pela qualidade de seus traços. Seu sangue seria testado, sim, isso seria necessário — mas ser uma veterana era um diferencial. Significava que a saúde não seria um obstáculo. Todo o auxílio médico, assim como as despesas, eram bancados pelas pessoas que acorriam ao fim do mundo por uma criança. Ela não precisaria se preocupar com nada enquanto isso.

— É limpo, totalmente limpo. Sem qualquer possibilidade de dar ruim. Tenho gente muito poderosa trabalhando para mim. Pergunte à sua prima.

Não se deu ao trabalho. Estranhamente silenciosa, Rose amparava o queixo com a mão, consumida por uma fraqueza dócil, os olhos doces pousados no rosto bem talhado do homem. Não tinha condições de falar.

Quando chegaram aos valores, Damiana sentiu no peito uma comichão. Mesmo sem agir sozinha, ganharia ainda mais, caso aceitasse. Moreno, contudo, acrescentou: precisava resolver logo. Ele tinha fila de espera. Não bancaria aquela chance para sempre.

— Fique com o meu cartão — sugeriu. — E me procure.

Despediu-se delas com uma piscadela e foi embora com as mãos nos bolsos, deixando em Damiana uma onda de tentação carregada de dúvidas.

19

Quando ela concordou em se vender novamente, surpreendeu-se pelo marasmo que reverberou em seguida, como se não tivesse acabado de tomar uma grande decisão. Acreditava que seria assim, feito inscrever seu nome em uma disputa sem candidatos. Arrastada por Moreno, enfim pacificada da desconfiança, compareceu a um estúdio de fotografia no Conic, onde fizeram retratos seus em vários ângulos, os flashes buscando o recorte mais agradável possível.

— As fotos vendem o peixe — foi o que ele disse, antes de desaparecer por semanas a fio naquele mar de silêncio.

O mercado, Moreno explicou, fortalecia-se mesmo era no Sul do país, onde a herança europeia saltava aos olhos — claros — e rendia muito dinheiro. Mas que ela não se preocupasse. Logo achariam um casal. Morando no apartamento de um quarto recém-alugado por Rose, Damiana era inundada pelo tédio disforme que de repente esvaziava e secava os dias.

Consumida pelo ócio, preocupada com o lado prático das finanças, ia também sendo açoitada por ideias ruins. Como na manhã em que pegou um ônibus e, casualmente, enveredou por ruas antigas, direto ao bairro de Érico e Daniela, onde vivera por tantos meses. De óculos escuros, acreditando-se munida de um grande disfarce, desceu na quadra assinalada pela memória. Tropeçando nos próprios pés chegou ao portão da casa.

Uma visita, um lapso de bisbilhotagem. Só para encontrar uma placa anunciando a venda do imóvel, completamente desocupado.

Não deveria estar ali, portanto contentou-se em fugir antes que fosse flagrada pelos vizinhos. Quase esbarrou na sra. Amália, que voltava de sua caminhada matinal. *O que eu estava pensando que ia ver*, Damiana repreendia a si mesma, no embalo do ônibus de volta para casa. A família reunida, Nataniel ensaiando seus pequenos passos no gramado; esperava estabelecer uma conexão, ser convidada para um café? Ter um vislumbre secreto de uma vida que não lhe dizia respeito?

Consumida pela culpa de ter feito algo intimamente errado, não partilhou o relato de sua viagem secreta com a prima, embora a vontade de obter respostas ardesse na língua. *Há quanto tempo tinham ido embora* era uma das questões que sobraram, a cabeça dilatada de tantas intuições. *Para onde? O que é que Rosimara sabia? Eles não tinham procurado por ela?*

As respostas não viriam nunca.

Ou talvez estivessem lá, e de repente fosse demasiado cansativo enfrentá-las.

A questão é que, na lógica dos acasos, do timing irônico que embalava a vida, uma ou duas noites depois do episódio acabou por receber a ligação de Moreno. Um casal estava interessado em conhecê-la, anunciava, a voz num chiado.

— Estou passando aí para te pegar, vista o que tiver de melhor.

20

O encontro, arranjado e comunicado às pressas, aconteceu na embaixada da França, um casarão iluminado em uma das partes mais dignas da cidade. Naquele momento Damiana não sabia que lidava com pessoas de alto grau de distinção, mas deduziu pela forma como foi conduzida, com luvas de pelica, a um escritório onde os estofados pareciam abraçar suas costas. Em completa mudez, deixou-se envolver pelo casal de meia-idade, os dois muito esguios e polidos, sorrindo em tradução simultânea, conscientes da transação que se seguia.

Moreno parecia encharcado de importância, metido em um terno feito sob medida, e naquela língua que fazia as palavras dançarem elaborou uma proposta. Se pareceram constrangidos ou desconfortáveis, em nenhum momento os anfitriões deixaram transparecer. Damiana, em especial, analisava a velha senhora, cujo queixo proeminente parecia arrastar para baixo todos os pontos um dia luminosos de suas feições, as maçãs do rosto revestidas de uma textura plástica e cirúrgica. Soube na hora que era uma dessas mulheres que tentavam desesperadamente não envelhecer. Talvez por isso precisasse tanto de um atalho. Talvez um bebê a salvasse do tempo.

Ficou acertado que o material genético seria cedido pelo próprio embaixador, um sujeito tão desprovido de atrativos físicos quanto a esposa, que sorriu com os dentes manchados de nicotina e apertou a mão de Damiana com muita leveza e educação. Moreno ficou responsável por estabelecer prazos e iniciar os procedimentos.

— Grande dia — ele disse, na saída, empurrando as costas de Damiana para apressá-la.

Ela mal podia saber que, quando tornasse a ver o casal, traria novamente dentro de si uma hecatombe de hormônios, uma barriga ainda mais inchada e larga, porque nenhuma gravidez era igual à outra, e aquela seria especialmente penosa.

O procedimento de inseminação artificial, como prometido por Anderson, foi realizado em uma clínica particular. Um prédio baixo na Asa Sul, com canteiros artificiais e paredes de vidro. Damiana fez as consultas e os exames todos no mesmo lugar, com profissionais que sorriam para ela mas nunca falavam nada. O médico responsável pelo procedimento era um velho com grandes sobrancelhas peludas e brancas. Ele apertou as mãos de Damiana e disse, com a voz rouca de quem fuma demais, que se chamava Mohammed. Ela não conseguia parar de olhar para os fios das sobrancelhas, que caíam sobre os cílios descoloridos do homem como uma nuvem que se desfazia.

Alguns hábitos do dr. Mohammed despertariam receio em pacientes mais experientes. Para começar, ele sempre cuspia na pia do consultório antes de pedir que Damiana se sentasse. Vestia-se de branco da cabeça aos pés, não bastando o jaleco, mas todas as suas roupas tinham um bolor amarelado. Nunca eram totalmente brancas. Ele também carregava uma maleta cheia de instrumentos de metal que pareciam ter sido fabricados em outro século. Não era nada parecido com o médico elegante e jovem que fizera seu primeiro parto. Quando se deitou na maca e abriu as pernas diante daquele rosto peludo,

Damiana hesitou. O médico inclinou a cabeça para examiná-la, com uma lanterna presa na testa, e ela teve medo de que ele fosse cuspir lá dentro também.

Mas o dr. Mohammed acabou se provando um profissional adequado. Não eficiente, nem mesmo bom. Apenas adequado. O que explicava, em parte, a parceria com Moreno. Pelo visto, a clínica do velho árabe era o disfarce perfeito para as operações de inseminação porque o dono abandonara a qualidade de se importar. Estava no precipício da vida e via os escrúpulos se desfazerem como o carretel de pelos das suas sobrancelhas. Ele enfiava bebês nas mulheres, era o que sabia fazer. Se pagassem a mais por isso, melhor. Seu caráter estava perdido havia trinta e quatro anos.

Com o esperma do embaixador francês, Damiana foi inseminada com sucesso na primeira tentativa, mas sentiu que estava prestes a morrer logo depois. O médico não tinha recomendações suficientes para minimizar o desconforto. Ela se queixava alto sobre as dores nas costas, segurando o vômito que sacolejava nos dentes sempre que um cheiro perfumado assomava pelo corredor, sem mencionar a constante tontura que a impedia de permanecer em pé. Não parecia grávida, parecia doente. E comentava com a prima, que agora atravessava a reta final de sua própria e penitente jornada.

— É tipo uma doença mesmo — Rosimara sentenciou. — Mas vai valer a pena.

Vivendo naquele apartamento pequeno, pernas para cima na sala pouco mobiliada, as duas compartilhavam de uma camaradagem inédita. A experiência de carregar um filho alheio modificara Rose, ainda que não exatamente pelas vias do amor. Ela se revestia agora de um silêncio maduro, complacente, andava com batas largas e descuidava da pintura dos cabelos pela primeira vez em anos. Entretanto, nunca estivera tão bonita, reluzindo com uma harmonia prateada. Damiana sentia a prima recoberta de paz e era quase estranho vê-la tão quieta.

Não imaginou que ela estivesse mesmo doente, doente como ficavam as pessoas habitadas pela escuridão.

— Só estou é cansada — ela rebateu, na época, quando questionada sobre o silêncio. — Não vejo a hora desse menino sair de mim.

Os dias eram inimigos. Se pudessem, permaneceriam estacionadas em uma cápsula e de lá só sairiam quando estivessem vazias de novo. Com uma indiferença inédita, muito longe da inocência da primeira gestação, Damiana também se deixava arrastar pela lentidão das semanas com ceticismo. A cada consulta médica com o dr. Mohammed, em que era escoltada por Moreno ou pela francesa — nunca o embaixador —, aprendia a se desligar mais. Deixava os pensamentos pairando em outras instâncias, estatelada diante de monitores que vasculhavam a sua saúde, a saúde da criança, sem um sinal de que se importasse.

A esposa do embaixador, de forma elegante e afetada, buscava sempre distribuir um sorriso quando se encontravam. Para além da barreira da língua queria mostrar que era solidária, que admirava Damiana por lhe emprestar a juventude.

— Ela acredita que é muita nobreza — Moreno explicou — o que você e garotas como você fazem.

Nobreza.

Damiana riu, porque seu alheamento era também uma forma de cinismo.

E ela acha que eu faço por amor?

21

Os motivos de Damiana chegavam em parcelas, todos os meses. Achou melhor assim, como sugerido por Moreno. Separava um pouco para si mesma e enviava todo o resto para a família. Dali em breve seria a formatura da segunda irmã, Maria Caroline. Esperava já ter então efetuado a entrega. Comprou um vestido e parecia determinada a usá-lo. Sonhava, sim, com os momentos em que teria seu corpo separado da criatura que ali vivia em simbiose. Era esse o seu ideal de futuro.

A prima, por outro lado, definhava com tal gravidade que foi preciso fazer uma cesariana, recorrendo a um hospital com mais estrutura. *Mais algumas semanas e não sei se o bebê vai sobreviver*, sentenciou o dr. Mohammed, preparando a sala de cirurgia. Damiana lembrava-se de aguardar com uma apreensão surpreendente o relógio do hospital, que girava em outro tempo. Moreno chegou com alguns minutos de atraso, parecendo tomado por um vendaval, nervoso com a ideia de que talvez perdesse uma das crianças.

— Já avisei ao casal dela — disse a Damiana, segurando nas mãos um café requentado. — Que talvez alguma coisa não dê certo.

Damiana não queria olhar para ele, concentrada na limpeza imaculada dos azulejos das paredes, nos próprios pés inchados quase a arrebentar a correia das sandálias. Quando o médico surgiu da sala de cirurgia, o semblante não era bom. Carregava o peso agourento das más notícias sobre as sobrancelhas descoloridas.

— Tivemos um sangramento excessivo — ele explicou. — Mas a criança está bem. Na medida do possível.

A prima é que resistia mal. Ingressou em um estado febril e catatônico do qual só conseguiu sair uma semana depois. Damiana podia se orgulhar de ter zelado por ela, na medida do que sua própria condição física permitia, a arrastar a barriga pelos corredores, chamando demasiada atenção ela mesma. Todos os dias marcava presença no hospital, e a desconfiança do que se passava naquele quarto começava a assolar os funcionários. Uma mulher desfalecida na ala da maternidade sem uma criança para batizar, tampouco um pequeno cadáver no necrotério. Inspirava cochichos.

Ela estava lá quando a prima acordou de vez, e em nenhum de seus sonhos seria capaz de imaginar a reação derradeira.

Pois Rose, a desapegada e trambiqueira, retornou do mundo dos mortos com os olhos marcados de abismos, gritou por um gole de água e perguntou em seguida, com um miado de voz, onde é que estava seu *filho*.

Foram necessárias duas enfermeiras para contê-la no desespero incoerente que se seguiu. Esmurrou, mordeu e berrou, tomada por um espírito inconsequente de orfandade às avessas. Quando enfim se acalmou, virou-se para o canto da cama e ficou a desfiar um choro contido, fininho, como o lamento dos descarnados.

— A gente vai precisar chamar a polícia — uma enfermeira anunciou.

Desesperada, Damiana correu para o orelhão e ligou para Moreno.

Até hoje não sabe com qual autoridade ele conseguiu impedir o desastre. Fato é que entrou no quarto, silencioso e sério, mas nem um pouco hostil, e se pôs de joelhos a alisar os cabelos emaranhados de Rosimara, que cobriam os travesseiros engordurados. Com a voz profunda e rouca lhe sussurrou algumas coisas ininteligíveis ao ouvido. Não conseguiu fazer com que ela interrompesse o choro, mas a despertou para a necessidade de se levantar, de arrancar o soro das veias e vestir as roupas guardadas no armário.

— A gente precisa ir embora agora — Moreno avisou, segurando a paciente pelos cotovelos, descartando qualquer procedimento de alta protocolar.

Damiana teve a missão de vigiar os corredores, sem saber que aquilo de fugir seria mais fácil do que parecia. Nenhum enfermeiro ou médico apareceu. Os que por acaso viram os três sair do quarto, aquelas figuras tão destoantes, nada disseram. Caminhando com tranquilidade, tomaram o elevador de serviço. Moreno fez um sinal para um segurança e passou sem grandes questionamentos. Na garagem, restrita a médicos e residentes, já havia um carro esperando por eles com o motor ligado.

No silêncio de casa, Damiana observou curiosa enquanto Moreno ajeitava a prima na cama e cobria seu corpo com o edredom. Admirou o tato, a sutileza, a forma como ele não parecia nem um pouco irritado ou surpreso por aquela reação. Precisaria de muito mais tempo de convívio e mais inteligência emocional para perceber o óbvio: não lhe eram incomuns operações de emergência como aquela. Não era raro o desespero de uma mulher que vendia a barriga e caía nas trapaças da própria solidão, e ele já tinha visto muitas. Não era raro, nem seria a última vez.

22

A recuperação de Rose foi lenta e excruciante. Havia dias, manhãs a fio, em que não saía da cama. Damiana tratava de levar comida, de tentar empurrar goela abaixo algum sustento. Para completar, uma pequena infecção se alastrava pelos pontos da barriga costurada — a única coisa que havia restado, como um lembrete. Aplicavam uma pomada para conter o prurido e a vermelhidão. Ainda que se dobrasse de dor, entretanto, ela não parecia se importar com as marcas, permanecia calada, apática, dormindo mais do que vivia.

Nem mesmo a volumosa sacola de dinheiro, notas e notas amarradas com elástico — que Moreno entregara de forma cerimoniosa, esperando que surtisse efeito —, fora capaz de inspirar em Rose a coragem de se reerguer. Em comparação ao que era antes, a prima assemelhava-se a um cadáver, um corpo fraco e inabitado, vivo apenas por um detalhe.

— Não estou entendendo você — Damiana dizia, levando uma xícara de chá para a prima. A essa altura, em seus quase oito meses de gravidez, estava inchada feito um balão. — Você sabia que seria assim, Rose. O bebê nunca foi seu.

A prima não respondia. Estava envergonhada, confessou um dia, de sentir todas aquelas coisas ao mesmo tempo. De ser tão fraca a ponto de imaginar que havia um corpo quente e mínimo acoplado ao seu, durante as noites em que temia dormir. Estava envergonhada por ter caído em um buraco no qual jamais imaginou cair, ela que sempre se sentira soberana das próprias decisões, mesmo as erradas.

— Nunca imaginei que fosse passar por isso. Que seria assim. Mas ele era meu — sussurrava. — E eu sinto falta dele.

Damiana pensou em retribuir a mesma tática proposta por Rose, ensaiar no quarto escuro um enterro de mentira, enfrentando a tristeza com uma estratégia de farsante. *Vamos fingir que seu filho morreu.* Era quase uma forma sutil de vingança. Mas desistiu ao perceber a extensão do sofrimento de Rose, que abraçava travesseiros para não machucar a si mesma, chorando com a boca trancada. Chegava a ser assustador. A prima não queria mais falar, exagerava nos comprimidos para dormir e passava dias sem entrar no banho. Damiana sabia que era diferente. Como se houvesse um portal que marcasse as coisas frágeis, aquelas sobre as quais ninguém devia pensar muito, um portal que a prima definitivamente tinha atravessado.

— Você vai esquecer dele — prometia, reavivando o conselho da mãe.

Mas não tinha certeza.

Mergulhada nos abismos da prima, Damiana não pensava muito na criança que ela própria gerava. Na semana anterior havia descoberto, sem querer, que era uma menina. Esse fato não provocara comichão imediata em sua alma. Saíra do consultório com a tradicional indiferença, dando-se ao luxo de tomar um táxi, porque estava cansada.

Às vezes, depois de dias como aqueles em que se dava conta de que jamais seria mãe de uma menina metade francesa, faltava-lhe o ar. Mas ela sempre achava que era o corpo, e não o espírito, que arfava.

— Você é experiente — Moreno elogiava. Passava por lá ao menos duas vezes por semana para tomar um café e verificar como Rose estava. Não porque se preocupasse. Damiana achava que ele queria apenas garantir que nenhuma delas fosse à polícia. — Você sabe separar as coisas, Damiana. Gostei de fazer negócio com você.

Alisando a barriga enquanto tomava banho, sem sentir qualquer coisa palpável e definida pelo coração que batia dentro do seu, Damiana se afligia com a ausência de sentimentos. Pensava na prima, dormindo no quarto ao lado, sufocada por um sofrimento bestial e único. Cavoucava seus próprios instintos em busca de algum sinal de humanidade, e surpreendia-se por não encontrar. Para aquela segunda criança, nem sequer atribuiu um nome imaginário, o que reforçou a sua ideia de que virava pedra, de que era ruim por princípio, de que toda a sua inocência se desfazia debaixo d'água. Tudo o que ela era, ou almejava ser, reduzido a um meio de transporte.

23

Damiana conseguia falar com naturalidade sobre o que tinha acontecido com Rose porque era um trauma superado muito antes, e feridas cicatrizadas tinham a vantagem de não doer mais. Gabriela escutou com o coração na mão.

Algumas semanas depois de ter fugido do hospital, Rosimara acordou melhor de suas saudades. Levantou-se, tomou um banho prolongado e quente, saiu do chuveiro com os cabelos penteados, carregando no rosto uma leveza de sol.

— Ela estava animada. Perguntou quando o Moreno ia voltar — Damiana comentou. — Tinha esperança de namorar com ele, eu jurava que sim.

Com um maço gordo de dinheiro na bolsa, saiu de casa. Damiana não perguntou para onde ia: estava feliz por vê-la de pé. De volta ao mundo dos vivos, ainda que por uma sombra. Rose foi ao Conjunto Nacional. Comprou um vestido de festa, caríssimo, e sapatos de salto. Comprou um vidro de perfume importado, um colar de rainha, um anel de ouro. A prima saiu do shopping com todas as compras no corpo e nenhuma sacola.

E daquele jeito, vestida a rigor e cheia de maquiagem, o perfume forte impregnado no pescoço, saltou na frente de um ônibus que passava no Eixo Monumental. Era o horário da pressa e ninguém freou.

As notícias só chegaram a Damiana com o atraso de algumas horas, porque Moreno se encarregou de abafá-las. Era preciso evitar que um choque muito grande prejudicasse sua imagem, prejudicasse sua parturiente.

— Usava palavras assim chiques quando queria — Damiana garantiu — e só me contou com a secura do deserto quase no dia seguinte, ela estirada lá no necrotério. Veio dizendo assim, *Olha só, sua prima se matou. A culpa não é nossa, não é de ninguém.*

Damiana suspirou antes de continuar.

— Não dava pra imaginar que logo a Rosimara ia ter isso. Ela era cheia de vida.

— Qualquer pessoa pode ter depressão — Gabriela observou. — Principalmente depressão pós-parto. É uma doença como qualquer outra.

Damiana não entendia. Acreditava que a prima havia caído em uma vala escura de onde são protegidos os de mente robusta, que ela se enfraquecera ou se entregara. Se acreditasse em Deus, diria que era falta dele.

— Isso te abalou muito, eu imagino — Gabriela continuou, tentando encontrar os olhos de Damiana, que agora abaixava a cabeça, mirando o próprio colo. Ficou com medo de que ela estivesse chorando, porque não saberia o que dizer, nunca sabia. O luto das outras pessoas era uma coisa extremamente difícil de compreender, um fim de mundo particular, e nada podia ser feito por uma dor tão única. Gabriela preferia não falar nada a falar alguma besteira.

O constrangimento ficou flutuando no ar, como se elas tivessem desaprendido a ser humanas. Depois de alguns segundos, Damiana respondeu.

— Eu fiquei abalada, mas também fiquei me sentindo muito mal, sabe, Gabriela.

— Não foi sua culpa.

Damiana sacudiu a cabeça com força.

— Eu não estava sentindo culpa — ela retrucou. — Antes fosse. Estava era sem entender o que tinha acontecido com a Rose. Porque as coisas que ela sentiu, eu não sentia. Eu paria, mas não queria ser mãe. Não sei se você me entende.

Damiana, então, começou a falar, mas dessa vez falava com tanta honestidade que deixou um nó amarrado na garganta de Gabriela. Contou que tinha dado à luz a criança francesa em 14 de outubro de 1993. Que se lembrava de todas as datas e de todos os nascimentos, sim, mas não porque fossem especiais. Confessou que se via apenas como uma passagem, um bicho se desfazendo de sua ninhada no mundo. E admitiu que nunca quis levar um embrulho daqueles para casa. Nem por um segundo. Jamais. Não era exatamente falta de amor. Era indisponibilidade.

Será que isso fazia dela uma pessoa tão ruim assim?

— Está tudo bem, Damiana — a jovem disse, com os olhos ardendo de lágrimas. — Nem toda mulher nasce para ser mãe. Nem precisa ser.

O turbilhão de emoções que vinha segurando nos últimos dias se agitou dentro de Gabriela, que guardava um mar de remorsos no corpo. Percebeu que se parecia com Damiana. Mais do que tinha imaginado.

Como você é fria, Gabriela. Parece um robô, um ex-namorado lhe dissera uma vez. Aquilo ficou dias martelando em sua cabeça, e ela se perguntava o que era uma pessoa fria, se o coração media temperaturas e se era verdade que sentia o mundo do jeito errado. Ela percebia que era diferente das outras pessoas, nunca tinha sido uma menininha. Era durona, sabia se virar e não se incomodava com a solidão. Os homens a achavam fria porque não conseguiam dominá-la. Ela, por sua vez, preferia pensar em si mesma como um fenômeno da natureza, e não uma aberração. O problema é que também passava muito tempo se incomodando com aquilo que não era, com o que achavam dela, e imaginou que um robô não agiria assim. Um robô nunca se torturaria tanto por uma suposição.

Em parte, estava pacificada com as próprias vilanias. Entendia melhor as coisas. A vida era um enorme atravessamento de tragédias, mas não existia caminho ideal, não era uma prova de múltipla escolha, em que uma errada anula uma certa. Como Damiana, Gabriela também carregava suas escolhas marcadas a ferro nas costas. Precisava conviver com elas e estava exausta de se estranhar.

— Eu também descobri que não queria ser mãe quando engravidei — confessou, de supetão, motivada por sabe-se lá qual necessidade de compartilhar. Damiana arqueou as sobrancelhas, interessada.

— Você disse que não tinha filho — ela comentou.

— Não tenho — Gabriela arrematou. Então diminuiu a voz e falou tão baixinho, mas tão baixinho, que saiu quase um pensamento. — *Eu tirei.*

24

Moreno se encarregou de Damiana depois do suicídio de Rosimara feito um pai solícito. Mergulhada em estupor se deixou levar enquanto ele providenciava os papéis do velório e garantia que ela, ainda a carregar uma criança, não sofresse em demasiado com as coisas práticas.

— Nunca perdi nenhuma das minhas garotas antes — ele desabafava com a voz trêmula, para que ela acreditasse que sofria e dizia a verdade.

Damiana queria ir embora. Voltar para casa. Ele a convenceu a esperar o parto, então foram pelo menos dois meses no apartamento vazio, perambulando entre as sombras, perguntando-se o que é que acontecia na mente das pessoas quando elas se perdiam. Tinha medo, um medo autêntico, de que acabasse lá. Quando se liberou do compromisso naquele fim de outubro, de novo costurada e vazia, e foi enfim autorizada a reencontrar a família, estava diferente. Desenvolveu o hábito de fumar e buscou todas as formas possíveis de escapar dos pensamentos, evitando se lembrar da prima, a quem sempre visualizava como uma figura de cabelos vermelhos no topo de um pé de goiaba.

Moreno pediu para visitá-la na fazenda, levou presentes e histórias engraçadas, e com a lábia sedutora conquistou suas irmãs. Damiana, entretanto, começava a ver despontar nas beiradas da alma uma espécie de desconfiança tímida. Já entendia, do seu jeito torto, que aquele homem podia não ser tudo o que se vendia. Que ele era perigoso como o demônio. Mas, àquela altura, já não tinha medo dos demônios.

Ele entendia de dinheiro e tentação. Não deixou passar muito tempo até voltar a rodeá-la com novas promessas de lucro. Damiana se acostumava a ter, e ele prometia muito mais.

— Agora não — disse. — Depois. Quem sabe no futuro.

Uma mulher precisava deixar o corpo respirar. Damiana queria aproveitar a própria juventude, porque começava a sentir que o tempo lhe escapava. Sofria por envelhecer sem a sensação de ter vivido. Por isso foi a uma agência de viagens, no Hotel Nacional, e fez uma loucura. Comprou um pacote e, sem saber uma só palavra de qualquer língua estrangeira, percorreu um circuito europeu: Paris, como um tributo à criança francesa, Roma para ver o Coliseu, Londres para saudar a rainha. A mãe foi junto, a irmã mais nova também. A menina sabia um pouco de inglês e serviu de intérprete. Damiana achou aquele mundo velho todo muito bonito, mas sentiu frio e concluiu, como um bicho do mato desacostumado a sofrer ardências na pele, que a beleza não compensava.

Pensava na prima. Muito, no começo, e depois menos. Damiana revisitava em sonhos os braços de Rose sempre alegremente pousados em seus ombros, o sorriso espontâneo, vaidoso. *Acho que foi isso*, concluiu, imaginando a prima desistindo de ceder o filho ainda com ele na barriga, secretamente alimentando a ideia de que os israelenses o esquecessem. Havia sucumbido, enfim, ao ver afastada a sua única oportunidade de amor. Um amor que duraria para sempre.

Damiana não sofria tamanha ânsia por sentir. Não *era sentimental*, como Moreno bem reforçava, ansioso por tê-la de novo como sócia. Ela era imune a certas fraquezas. Alguma coisa nela estava morta, quebrada ou perdida, e enquanto pacificamente tomava seu café nas avenidas geladas de um continente caduco, não conseguia dizer o que era. Muitos meses depois a resposta lhe ocorreria.

Era a capacidade de ter vergonha.

Sua existência inteira havia sido um longo ritual de se envergonhar: primeiro da fala embolada e grosseira e de comer de boca aberta, depois do próprio corpo, das pernas que precisavam ficar sempre fechadas. Pelas surras do pai e o ralhar da mãe, aprendera que ter vergonha era quase uma forma de humildade, e os verdadeiros virtuosos eram aqueles que sabiam abaixar a cabeça. Mas todos os resquícios de ingenuidade agora desapareciam nas marcas de estrias que forravam sua barriga, nos ossos dos quadril que tinham criado o hábito de se abrir para depois se recolher. De repente, sangrava a própria inocência pelos joelhos, e não sentia mais vergonha de nada. Ela agora tinha uma profissão.

Não era a mais bonita, não era a mais honrada, mas trazia sustento àquele castelo de madeira, permitia uma continuidade melhor na figura de suas irmãs, fabricava um futuro próspero onde antes não havia nenhum. E qual era a dificuldade, se seu lado biológico parecia moldado para isso, repleto de substâncias que favoreciam a vida? Não se dava ao trabalho de questionar ou levantar empecilhos sentimentais.

Era uma barriga de aluguel. E todos os aluguéis eram temporários.

25

Os incômodos, com o tempo, desapareceram todos, se é que havia algum. Fazia filhos com a naturalidade de quem se ocupava de engolir frutas e cuspir as sementes. Sazonalmente. Moreno a enchia de elogios, orgulhoso dos lucros, das gestações que não tinham intervalos decentes. Um dia, o dr. Mohammed arqueou as sobrancelhas monstruosas de olho nas páginas de uma ultrassonografia.

— Você precisa descansar — disse a Damiana, com um tom anormal de preocupação. — O seu útero não aguenta mais. Você pode morrer.

Ela não queria descansar. Queria produzir o máximo que pudesse, porque estava convencida a se aposentar cedo. Em seu precário conhecimento matemático, calculava: com oito ou dez bebês, podia se liberar. Já alcançava a impressionante contagem de seis.

Seis crianças nascidas em datas memorizadas.

Seis estranhos que nunca amaria.

Havia se habituado àquela rotina, dos hospitais aos balcões de laboratório. O parto, também, acabara se tornando o mais natural dos percursos. Quando as dores das contrações apareciam, não se desesperava. Calmamente apanhava a bolsa com suas roupas e pertences pessoais, ligava para avisar Moreno e se dirigia à maternidade da vez com um ar fatigado de quem tinha apenas uma reunião importante marcada. Despia-se sozinha e vestia o avental descartável sem ajuda, dispensando a amabilidade de enfermeiras obstétricas iniciantes, vez ou outra ouvindo as conversas que vazavam dos quartos vizinhos. Famílias enormes, ansiosas ou aterrorizadas com a chegada de outro integrante. Pais e mães de primeira viagem, prestes a conhecer sua nova família.

— É seu primeiro bebê? — perguntou uma jovem, ao se esbarrarem no corredor rumo ao banheiro.

— Não, é o quinto — Damiana respondeu.

— Nossa! E como você conseguiu? Acho que depois dessa eu vou fechar a fábrica.

Damiana ficou pensando naquela expressão. Fechar a fábrica. Mais tarde, enquanto esperava o médico plantonista que lhe daria alta, gargalhou. A jovem mãe não fazia ideia.

Acabou comprando um apartamento na capital onde vencia à custa de segredos, uma cobertura fora dos olhos de vizinhos que só ocupava quando estava grávida porque detestava tudo em Brasília. Não conseguia se acostumar com a cidade, tampouco ter uma vida apenas sua.

Moreno tratara de abrir uma pousada na W3 Sul para lavar o dinheiro que ganhavam, mas ela não se importava com os detalhes práticos, com a sociedade de papel e tudo o que aquilo implicava. O importante era que seguisse ganhando. E parindo.

Não tinha amigos. Não saía de casa. Não conhecia pessoas. Paria sozinha e em silêncio, no máximo deixando escapar um grunhido entre os dentes, ansiosa por se ver livre de novo. Quando os telefones celulares se tornaram mais acessíveis, comprou dois aparelhos, deu um à mãe e disse *Me ligue todos os dias*. Era só a voz da família que precisava ouvir. Estava consciente de que o contato com qualquer outro ser humano que não soubesse sua verdade a colocaria, imediatamente, em um patamar de estranheza no qual juízes invisíveis já haviam decretado a sentença.

Louca. Gananciosa. Monstro.

Sua rotina solitária, nesses dias em que estava *ocupada*, envolvia assistir a filmes e programas de televisão, cozinhar e fazer crochê. No começo, pensou que pudesse dar sapatinhos de presente aos pais que a contratavam. Depois, é claro, mudou de ideia. Sapatinhos faziam pensar em pés minúsculos que chutavam barrigas por dentro. Criavam vínculos, e vínculos deveriam ser evitados.

Podia parecer que os dias eram longos e a vida um sacrifício, mas a cada nove meses de serviço Damiana tirava alguns outros de férias. Tempo para se descontaminar, voltar para casa, tomar chás energizantes e refazer sua história. Ia ao cinema, comprava coisas. Com frequência pensava nos casais, estrangeiros ou brasileiros, que havia ajudado. Refletia sobre as famílias que iam se construindo a partir desse elo tão estranho e que às vezes escreviam para agradecer pelo parto e dizer que tinham realizado um sonho. Damiana nunca foi atrás de nenhum deles, nem sequer respondeu. Não sabia o que era sonhar. Mas entendia de privação, e ninguém deveria ser privado de ter uma descendência se era o que queriam.

Quando o velho médico recomendou que se cuidasse e falou em morte, ela estava fora do mercado fazia um ano. Pretendia ter o sétimo bebê em breve. Moreno negociava com um casal espanhol.

Damiana deixou o consultório sem preocupações, como uma mulher de lata, esquecendo que havia alguém ali dentro, alguém que não era só mais outra criança desconhecida. Tantos pequenos corpos ia gerando e expulsando que de repente era difícil ouvir a própria voz, sentir o próprio íntimo. Nem se importava, realmente, quando diziam que ia morrer.

Quem nem existia direito podia morrer?

Nesses dias, conquistava tamanho prestígio na empresa capitaneada por Moreno que tinha até motorista particular. Seu Onório, um velhinho que acreditava que ela era uma jovem mãe a cultivar uma prole honesta. Não falava muito, mas distribuía piscadelas toda vez que a levava a alguma clínica. No dia em que o médico sentenciou as fraquezas de seu útero, porém, não era seu Onório a esperar por ela. Damiana se enfiou no banco traseiro e perfumado e com surpresa encarou o motorista, um rapaz negro que tinha não só o dobro do tamanho mas também o dobro da beleza, e que (ela ainda não sabia disso) vinha resgatá-la do próprio anonimato.

— O Onório foi embora — ele avisou. — Eu me chamo Joaquim.

26

Era primo de Moreno, o Joaquim, e guardava no rosto as semelhanças com o parente. Falante, logo começou a desfiar sua história. Trabalhava como motorista de ônibus, mas tinha sido demitido na semana anterior, sem justificativa. Contrataram um funcionário pela metade do salário. É a crise, moça. Está todo mundo perdendo o próprio valor.

Damiana não gostou dele no começo. Queria aproveitar o silêncio das suas escolhas, mas era impossível com aquele zumbido de informações que não lhe diziam respeito. Ao contrário de seu Onório, relegado a uma aposentadoria forçada por motivo familiar, Joaquim sabia muito bem o que o primo fazia. Mas não cometia o despropósito de julgá-la. Com maneiras gentis a entregou no destino, meia hora de ladainha depois, e fez questão de abrir a porta do carro para que ela desembarcasse como uma madame.

— Até mais — despediu-se, sem ouvir resposta.

Ela ignorou o conselho do médico e se emprestou aos espanhóis. Um casal muito bonito. Não teve medo de morrer sem fazer a entrega. Ou de morrer como um todo. Joaquim logo entendeu que lidava com uma mulher diferente das moças que podiam ser conquistadas: Damiana não entendia de diversão ou de brincadeiras bobas ensaiadas no espaço de um semáforo. O motorista a admirou por isso. Teve pena da consistência endurecida, dos olhos irritados que vagueavam pelas janelas com horror à sedução e aos convites para jogar conversa fora, e talvez pela postura silenciosa e séria que oferecia um bom desafio, se interessou por ela. Ficou surpreso. Justo ele, que interagia com todo mundo, mas não se interessava, genuinamente, por ninguém.

Damiana, desde aquele tempo em que havia sido envolvida pelo charme do dr. Érico, parecia de fato à prova de encantos. Por mais bonito que fosse aquele homem de ombros fartos que a conduzia pela cidade quadrada, ela estava determinada a existir sem desejos. Por isso ignorava o flerte. Achava possível resistir ao que o corpo pedia, mesmo quando acordava no meio da noite assaltada por uma ardência entre as pernas, e se abster do amor era uma forma confortável de proteção.

Joaquim queria saber mais sobre ela. Tentava descobrir algo útil entre uma viagem e outra, mas só conseguia arrancar informações em pílulas. Já sabia que vinha de uma família do interior, da roça (como ele), que amava a algazarra matinal dos passarinhos e um café preto adoçado (como ele). Já sabia que ela havia perdido a prima, que a coitada tinha se matado, e que Moreno lavara as mãos de qualquer culpa — mas essa parte o primo é quem tinha contado. Em algum ponto, Joaquim passou a temer por Damiana. E tentou alertá-la.

Ela não ouviu, é claro. Não ouviu as indiretas perturbadoras que ele lançava, contando que estava naquele trabalho porque precisava e, se ela já não precisava tanto, era melhor que caísse fora. Falava sério, compenetrado, porque todo mundo da família sabia que o Moreno não era *flor que se cheira*.

— Você não devia falar assim — Damiana retrucava, ríspida. Incomodada com aquela síndrome inesperada de protetor, como se ela não soubesse cuidar de si mesma, como se não fizesse exatamente isso o tempo inteiro. — Queria te lembrar que você também trabalha para ele.

Muito sério, concentrado, Joaquim encostou o carro. Virou o pescoço. Damiana enxergou então o homem que havia por trás do sujeito brincalhão e falante. Viu medo nas pupilas escuras, e um remorso puro. Sentiu respeito por ele pela primeira vez.

— Todos os dias eu me lembro que estou trabalhando para o Anderson. Todos os dias, porque eu não deveria — ele respondeu, e havia uma tristeza perigosa em sua voz.

Continuaram o trajeto sem retomarem o assunto, e Damiana, que vinha torcendo pelo silêncio havia semanas, sentiu um incômodo nas pernas, nos joelhos, como se sustentasse o peso de uma ameaça invisível, maior do que podia prever.

27

Damiana nunca se sentia exatamente confortável quando estava perto de Anderson Moreno. Sentia que ele transpirava malícia e ganância, que era mentiroso e falso como moedas de chocolate embrulhadas em papel dourado, mas não acreditava que fosse perigoso de verdade. Não o temia, mesmo após o suicídio da prima, porque o isentava de tudo, tão ocupada estava pensando mal de si mesma.

Só houve uma ocasião em que aquele arranjo com o falastrão articulado lhe provocara receio. Ela estava no intervalo entre uma gravidez e outra, meses antes de conhecer Joaquim, quando foi convidada, com pompa e circunstância, para jantar na casa de seu empresário. Era a primeira vez que ensaiava algum tipo de aproximação humana e desinteressada em seus próprios domínios. Por espanto ou curiosidade, Damiana aceitou.

Ao contrário do que ela imaginava, Moreno não vivia em uma cobertura dispendiosa em um condomínio de luxo. Surpreendentemente, o endereço fornecido ficava em uma área rural, pra lá de Sobradinho, e o caminho sinuoso e confuso deixou apreensivo o taxista encarregado de levar Damiana.

— É aqui mesmo, moça? — ele perguntava a todo momento, a cada dobra de faróis por uma encruzilhada cheia de poeira e pedra.

Quando enfim encontraram a propriedade, uma imensidão mergulhada no escuro verde-musgo, Moreno esperava por ela no portão, vestindo camiseta e calça de moletom — outra novidade para quem se apresentava sempre tão formal e alinhado. Trazia aos calcanhares dois rottweilers enormes, presos por coleiras.

— Bem-vinda à minha chácara, Damiana. Achou que era só você que gostava do mato?

Ela precisou admitir que estava surpresa, mas ele só riu. O curto caminho do portão até a casa era pavimentado com pedras largas de calcário, e a construção de tijolos crus provou-se bastante suntuosa. Damiana pensou que, se tivesse ido de dia, teria gostado de admirar a vista. Um rapaz loiro de aparência entediada tomava vinho na mesa posta, e Moreno perguntou a Damiana se seria um problema o amigo jantar com eles.

— Não, de jeito nenhum — respondeu.

Ela gostou muito da decoração, das cortinas altas e brancas e do sofá caro de linho, que combinavam perfeitamente com os móveis rústicos de madeira. Só havia um balcão dividindo a sala e a cozinha, no estilo americano, um vão coordenado e simétrico. Ela, cujo único objetivo na vida tinha sido construir uma casa para a mãe e as irmãs, teve vergonha de seu mau gosto, atulhando a casa de objetos de porcelana e tapetes de crochê em uma casa de madeira que estalava no verão. *Pobres podiam ter dinheiro*, pensou, com alguma amargura. *Mas continuavam pobres.*

O jantar foi agradável. Comeram risoto com filé, preparado pelo próprio Moreno, mais uma surpresa. Conversaram amenidades, não tocaram em nenhum dos assuntos práticos que os uniam, a palavra *gravidez* não foi sequer mencionada. Parecia que se conheciam de outras carnavais. Damiana logo entendeu o motivo. O amigo loiro, que pouco falava, provavelmente não sabia de nada.

Quando terminaram de comer, sentindo um pouco de constrangimento pela quantidade de vinho ingerida, ela perguntou onde ficava o banheiro. Com um aceno, Moreno explicou que o lavabo estava com alguns problemas de manutenção, mas que ela podia usar o banheiro do andar de cima. Ela gostou da oportunidade de explorar outro pavimento daquela casa bonita, e muito satisfeita seguiu a orientação.

Na saída, percebeu que o banheiro era ao lado da suíte onde, presumiu, o sócio dormia. Não resistiu a dar uma olhada, uma vez que a porta aberta parecia fazer o convite. O quarto era amplo, arejado, mas, embora confortável, parecia estranhamente vazio. Como se fosse um lugar de veraneio. Uma casa de passagem. Não havia muita coisa ali, exceto um baú antiquado, de aparência pesada e medieval, encostado ao pé da cama. Movida sabe-se lá por qual espécie de juízo, Damiana resolveu apalpar o baú, só para descobrir que a tampa estava aberta e que o interior poeirento guardava um pequeno arsenal de dois revólveres .38, uma pistola e vários cartuchos de balas pontudas.

Damiana deixou a tampa cair, fazendo um ruído surdo, e precipitou-se a sair do quarto. O coração dilatado pulsava no pescoço. *Não é nada*, repetia para si mesma. Sabia que muitos homens tinham armas. Ela mesma, morando sozinha, deveria pensar em comprar uma para se proteger. Moreno provavelmente tinha armas para se resguardar, morando sozinho em um local tão afastado. Viviam num país perigoso. Tão perigoso que nem o perigo era reconhecível.

Absortos em uma conversa sobre política e as próximas eleições, os dois homens no andar de baixo nada perceberam, nem sua demora, nem qualquer barulho. Moreno era defensor ferrenho de um segundo mandato para Fernando Henrique Cardoso.

— Acho que vou indo — Damiana anunciou, tentando disfarçar qualquer tremor na voz.

Moreno ofereceu-se para chamar um táxi, um motorista conhecido, que sabia o caminho da casa e poderia levá-la com mais facilidade. Damiana tranquilizou-se com a cortesia, o jeito despreocupado, convencendo-se a ficar calma. Bebendo uma nova taça de vinho, esperou pacientemente que o motorista chegasse e, quando a buzina se anunciou, tentou não parecer apressada.

— Você quer uma carona para ir embora? — perguntou ao jovem loiro, dando-se conta de que deveria ter manifestado a gentileza antes.

O rapaz, muito mais novo, muito mais sério, sorriu naturalmente pela primeira vez durante o jantar.

— Eu moro aqui, amor — respondeu.

— Aqui nessas redondezas?

— Aqui. Com o Anderson.

— Ah! Desculpa.

Sem parecer desconcertado com o diálogo, Moreno se despediu dela com um abraço e mencionou que ligaria no dia seguinte para tratar de um assunto, mas não ligou.

O episódio foi dissecado e pesado na mente de Damiana por algumas semanas. A revelação da sexualidade de Moreno em si era irrelevante. Inquietava muito mais aquele vislumbre geral de intimidade, descortinado justo agora (e fazia tanto tempo que se conheciam), cheio de detalhes um tanto assustadores. Um baú cheio de armas, uma chácara escondida com rottweilers, um sujeito que escondia seus afetos com perícia. *Quem era aquele homem que tinha escolhido para confiar?*, Damiana se perguntava. Mas como geralmente acontecia com as suspeitas que não queria enfrentar, logo se convenceu a esquecer. Até Joaquim chegar e acordar os demônios da dúvida.

28

Aos quatro meses completos da gestação de risco do casal espanhol, Damiana foi despertada por uma fisgada no baixo-ventre no meio da madrugada. Caminhou até o banheiro com dificuldade e ali viu escorrer pelas pernas um sangue de uma qualidade tão vívida, tão real, que ela não teve reação imediata senão apreciar o mórbido espetáculo. Depois, ao sentir a cabeça tontear, alcançou o telefone. Com as mãos tingidas de vermelho fez uma ligação. Mas não procurou por Moreno. Estranhamente, foi para Joaquim que ligou, no número que ele tinha deixado anotado em um pedaço de papel com as pompas costumeiras de salvador.

Ele chegou ao apartamento em menos de vinte minutos. Logo entendeu tudo, ao deparar com a mulher sentada no chão, a pele esbranquiçada e os lábios arroxeados. Tomou seu pulso e praguejou. Com delicadeza, enfiou Damiana no banco de trás do carro. *Você vai ficar bem*, prometeu. Antes de desmaiar, ela pensou que estava longe disso.

Algumas horas depois, Damiana surpreendeu-se ao perceber que estava viva. Recobrava a consciência e sentia os fios conectando seu corpo a uma porção de líquidos. O dr. Mohammed a observava com os braços cruzados e um olhar de censura, sem se dar ao trabalho de dizer que não havia mais ninguém dentro dela. Moreno a acompanhava, bem-disposto apesar da perda do investimento. Damiana deu pela falta de Joaquim, mas ignorou o sentimento e não perguntou por ele.

— Você precisa descansar — Moreno disse, maquinalmente, como se instruído pelo médico. Não disfarçava que, no fundo, não se importava, e olhava pela janela de forma distraída, perguntando se podia acender um cigarro mesmo com o aviso de proibido fumar. Damiana o odiou naquele momento. Mas convenceu a si mesma de que era por causa dos remédios, que ela já não tinha forças para odiar quem quer que fosse. Sem resistência, concentrou-se na parede e dormiu.

Dormiu por trinta e duas horas. Talvez ainda estivesse dormindo quando saiu do hospital num táxi porque, estranhamente, Joaquim permanecia sumido; e foi também meio dormindo que tomou banho, sem sentir o peso da água nas costas. Dormia até mesmo quando sentou no sofá e presenteou-se com uma xícara de chá, ligando para a mãe para relatar, com uma frieza de aço, o que havia acontecido. Pensou em coisas estranhas. No fim das contas, talvez ninguém estivesse acordado. Talvez a vida fosse um sonho louco demais e morrer era uma forma de despertar.

Eram os remédios, convenceu a si mesma novamente, jogando todas as cartelas no lixo, pronta para sentir dor e recobrar um estado de espírito menos sonâmbulo.

Quando a campainha tocou, pouco tempo depois, ela não estranhou. Já sabia quem era antes de abrir a porta, e ignorou a queda que o coração ameaçava dar. Se não fosse Joaquim, Joaquim e seu sorriso cheio de desculpas, ela ficaria sinceramente decepcionada, e teve medo desse rompante de antecipação. Ele trazia flores e um balão que dizia, de forma irônica e grosseira: *Feliz aniversário.*

— Foi o único que eu achei — desculpou-se. — Me desculpa o sumiço, estava resolvendo umas coisas.

Sentados no sofá, lado a lado, Joaquim lhe ofereceu uma massagem, que ela aceitou apenas para sentir algo quente na pele. Cochilou de leve enquanto ele amassava seus ombros, e quando acordou foi só para aprender a beijar.

Damiana achou tão bom que teve medo. Quando recebeu o carinho forte de Joaquim, demonstrando uma vontade sem urgência ou pecado, entendeu que alguns abraços eram seguros, mas só até certo ponto. Enquanto se rendia, e se rendendo ia caindo, pensou que estava perdida. Joaquim tinha cruzado a fronteira das pessoas que de repente se tornavam impossíveis de ignorar. Agora colonizaria todos os seus pensamentos e ocuparia espaços por tanto tempo inabitados. Era uma sensação deliciosa, mas também terrível, porque fazia parecer que, ao contrário do que imaginava, não precisava ser sempre tão sozinha.

29

Gabriela, por sua vez, cultivava a própria solidão como uma bandeira. Ainda na adolescência, havia decidido que não acreditava no amor romântico. Mais do que isso, não via sentido. Os namoradinhos passavam por ela sem deixar marca significativa. Ainda que sentisse o coração vacilar por um ou outro, não desabava por nenhum. Tinha sorte por não se apaixonar com tanta facilidade, achava. Isso permitia que fosse livre para amar outras coisas.

Quando decidiu se mudar para o Brasil, aos vinte anos, experimentou a liberdade com o corpo inteiro. O primeiro lugar onde morou era uma república estudantil próxima à Universidade de São Paulo, onde tinha um quarto só seu e compartilhava as áreas comuns com outras alunas, estudantes cansadas que às vezes lhe diziam oi e perguntavam de sua vida sem o menor interesse. Ali, logo descobriu, as pessoas andavam sempre correndo e quando se encontravam com calma fingiam uma felicidade artificial, bebendo em botecos baratos e usando chinelos para pregar um progressismo que só era possível porque tinham dinheiro. Ela teria que se habituar àquilo se quisesse se fundir aos brasileiros, então começou a fingir também.

Arrastou vários meninos para seu quarto, o que nunca foi criticado, porque a república era livre de regras que oprimissem a liberdade sexual. Os rapazes, por sorte, sempre iam embora bem cedo, geralmente depois de fumarem um cigarro na janela, e ela fazia questão de espantar os que insistiam em tomar café da manhã. Inventava compromissos. Um dentista. Uma prova de teoria da comunicação. Certa vez, até inventou que tinha uma irmã.

Anos mais tarde, trabalhando em uma revista mensal e já no apartamento que se orgulhava de conseguir pagar sozinha, começou a se aventurar por uma série de relacionamentos trimestrais. O primeiro foi Mateus, o ex-bailarino bissexual que estava explorando o desejo por mulheres com curiosidade e energia. Gabriela amava o corpo dele, que parecia esculpido em mármore, mas o fogo acabou depois de um ménage malsucedido com um amigo em comum. O segundo dessa safra particularmente frutífera se chamava Tiago, trabalhava com ciência da computação, acreditava em ETs e era lindo mas não sabia disso. Depois, vieram João e Pedro, dois barbudos com olhos de caramujo que fumavam maconha demais e gostavam de ouvir Belchior. Eram tão parecidos que Gabriela precisou confirmar, após algumas semanas, não serem a mesma pessoa. Quando por fim Lucas apareceu, sua amiga Rita riu e perguntou se ela por acaso estava querendo completar o bingo dos apóstolos.

Mas a verdade é que aquele desfile de homens estava, de fato, começando a enfastiar Gabriela. A liberdade sexual virou uma faca de dois gumes, porque era cansativo ter que aprender a falar com um corpo novo toda vez. Mais do que isso, era exaustivo ter que ensinar para aqueles rapazes extraordinariamente egocêntricos os caminhos do seu. Ela, que sempre tivera uma facilidade extraordinária para gozar, andava sentindo dificuldade. Nem o vibrador dava jeito. Chegava até a beira do precipício, pronta para se jogar e afundar naquele êxtase cavernoso, mas então se distraía. Às vezes era a lembrança de uma matéria a ser entregue. Outras vezes era o sujeito em cima dela anunciando que não ia mais aguentar. Até que, por fim, Lucas apareceu, e era surpreendentemente habilidoso. Talvez aquela fosse a grande armadilha, porque Gabriela o amou.

O amor que sentiu por ele era diferente. Foi como um fungo. Nada arrebatador como se espera que sejam as paixões. Quando o conheceu, naquela livraria onde ele tinha entrado só para tomar um café (já que detestava ler), Lucas disse: *O seu cabelo é bonito, parece feito de nuvem.* Ela achou a metáfora engraçada, e ele era bonitinho, então aceitou dar seu telefone, sem grandes expectativas. Também não caiu de amores depois do primeiro encontro. Frio, lámen, um beijo sem-sal. Então o fungo, contrariando as chances, multiplicou-se na rotina, foi invadindo as cavidades do coração e se instalou em definitivo. Agora restava saber quando ele sairia de dentro dela.

Aqueles seis meses de relacionamento foram os mais atribulados, esquisitos e plenos da breve vida de Gabriela. Ela não alimentava sonhos de morar junto, dividir um apê com samambaias, nada disso. Ainda não tinha chegado ao patamar das mulheres que desprezava. Mesmo que seu programa preferido fosse ir com ele à feira sábado de manhã e depois fazer o almoço e cochilar no sofá. Mesmo que andasse viciada em dormir abraçando aqueles ombros largos e pontilhados de pintinhas. Ainda não estava de joelhos.

Então, depois daqueles seis meses atribulados e esquisitos, um dia ela acordou, tomou banho e, ao se olhar no espelho, viu que sorria sem perceber, porque estava feliz. Era tão acostumada à infelicidade que não identificou de imediato a sensação de estar bem. Esquecia seus grandes propósitos, seu motivo para estar nesse país e a investigação de suas raízes. De repente estava satisfeita com o que era possível, e até seus pais perceberam a mudança. Diziam que ela estava leve. Ela que nem sabia que andava com tanto peso nas costas.

Mas é claro que as coisas não permaneceriam daquele jeito, porque a vida floresce no desconforto, e ela sabia que tudo mudaria em breve. Sempre mudava. Era acostumada com o movimento perpétuo das pessoas e das coisas, o lento arrastar das placas tectônicas que ditava os destinos. Não entendeu direito o que sentiu quando Lucas pediu para conversar em um almoço no meio da semana. Ele que detestava almoços corridos. Com a cabeça baixa e os olhos um pouco tensos, foi direto ao ponto e contou que tinha conseguido uma bolsa de mestrado em uma prestigiosa universidade americana, e que iria embora.

Gabriela ficou calada. Não conseguiu esboçar reação, dizer qualquer coisa. Então, para preencher o silêncio, ele continuou falando. Contou que partiria em três meses. Que estava resolvendo detalhes do visto e onde ficar. Que planejava morar em Boston por dois anos ou mais. Parecia triste, apesar de feliz. Retorcia o guardanapo nos dedos, um origami de ansiedade que sempre fazia quando estava nervoso. Passados alguns segundos, Gabriela se fez de forte, respirou fundo e desejou um *parabéns* tímido e baixinho. Ainda não sabia o que estava acontecendo dentro dela, então pediu a conta. Pagaram e foram embora logo depois, atrapalhando-se com os guarda-chuvas ao sair, porque chovia. Para piorar tudo, chovia.

No meio da calçada, Lucas tentou dizer alguma coisa, mas só abriu e fechou a boca, como um peixe de aquário. Gabriela, por sua vez, o abraçou rápido, deu as costas e começou a caminhar com tanta força que parecia querer furar a calçada com os pés, espirrando água para todo lado. Chegou no trabalho com as meias enlameadas e desabou na cadeira em um estado quase catatônico. Não tinha a menor sustentação emocional para um terremoto daqueles, então terminou o que precisava fazer e foi correndo para casa, decidida a se afundar na cama e desligar todos os seus mecanismos de consciência para não ter que lidar com aquela notícia. Mas não conseguiu dormir. Estava acabada. Não só porque Lucas ia embora. Estava arrasada porque ele não tinha pedido que ela fosse junto.

Mas por que ele pediria, sua razão contestava. Só estavam juntos fazia seis meses. Não eram nem mesmo exclusivos. Não deviam nada um ao outro. Era um relacionamento aberto, desapegado, livre. Um amor livre. Ela detestava gaiolas. Lucas ligou algumas vezes e chegou a enviar mensagens pedindo desculpas, querendo marcar uma despedida, uma conversa apropriada na qual pudessem encontrar as palavras certas. Ele também não entendia direito o que sentia, também não conseguia lidar com aquela angústia que contaminava seu maior entusiasmo. No fim, eram duas criaturas emocionalmente defeituosas lidando com um sentimento desconhecido. Gabriela não quis se despedir. Em vez disso, bloqueou Lucas em todas as redes sociais e decidiu que esquecê-lo era o melhor a ser feito. Ela era muito boa nisso.

Também era muito boa em tomar decisões precipitadas, então não pensou duas vezes ao aceitar o convite para uma festa eletrônica no terraço do conhecido de um conhecido três semanas depois. Olhando a cidade do alto, bebeu até cair. Aceitou a bala oferecida pela conhecida de uma conhecida. Viu o mundo girar, gritou e pulou, sentindo a euforia incendiar suas tristezas. Abraçou e beijou uma dúzia de estranhos, deixou que uma menina de cabelo rosa a chupasse no banheiro, mas não gozou. Quando saiu do banheiro, esbarrou em um homem de braços enormes, que puxou seu cabelo e a beijou como se pudesse sugar sua alma pela língua. Ela gostou daquela violência, porque era exatamente o queria sentir.

Nunca soube o nome do homem. Não se lembrava do rosto dele. A única coisa que guardou daquele encontro foram os braços enormes com uma tatuagem deformada de leão e a pressa com a qual meteu entre suas pernas. Ele foi o único a ter um orgasmo. O orgasmo que, dois meses mais tarde, deixou Gabriela chocada com a consequência, porque acabou de fato grávida do próprio desespero.

Ela não contou sua história para Damiana. Não precisava. Damiana não queria saber. Não ter que se justificar era, de alguma forma, muito reconfortante.

— Você já pensou nas crianças? Na vida que elas tiveram? Em quem elas se tornaram e tudo mais? — Gabriela perguntou. Aquela era a única pergunta que queria fazer desde o começo da entrevista. A única que importava.

— Às vezes — Damiana confessou. — Mas nunca esquentei muito a moleira com isso. Não tinha como saber. E foi a melhor coisa para elas.

— Como assim?

Damiana a olhou direto nos olhos, de um jeito que fez o rosto de Gabriela queimar. Então apontou lá para fora, em direção às árvores.

— Sabia que tem uns passarinhos aqui na roça que deixam ovo no ninho dos outros? Vão lá, botam o ovo, pegam voo, somem no mundo. Deixam os outros passarinhos chocarem por eles. Isso acontece demais. Não faz diferença para os filhotinhos. Nem para os que ficam no ninho chocando.

Gabriela não estava entendendo aonde ela queria chegar, então deixou que continuasse o raciocínio.

— A melhor coisa foi essas crianças não terem me conhecido — concluiu, então. — Eu não podia dar o que elas precisavam. Não ia ter como dar amor, porque nunca tive muito. Vida boa também não ia ter. Com certeza cresceram bem, tiveram estudo, viraram gente direita. Eu nunca vou saber, mas fico feliz porque foram para famílias que queriam elas. É isso que importa, *fia*. Alguém te querer e cuidar de você.

Alguém te querer e cuidar de você. Gabriela respirou fundo, sentindo algumas lágrimas involuntárias escorrerem. Damiana percebeu e segurou sua mão. *Estava tudo bem não querer cuidar de alguém*, era o que ela parecia lhe dizer. Sempre haveria um passarinho para chocar os ovos alheios.

O amor era questão de vontade.

— Eu não sou boa para essas coisas. Nunca fui — ela completou. — Joaquim é que era bom em tudo.

Nesse ponto ela finalmente desabou, colocando a mão no rosto, pronta para falar sobre ele, e Gabriela sentiu um grande impulso de abraçá-la e dizer que não era assim. Mas só conseguiu ficar parada e escutar.

30

Para Damiana, Joaquim foi um erro de percurso, mas só por ter sido tão pouco. O relacionamento durou exatamente oito meses, na ironia frágil da vida. Um amor tão fugaz, tão tardio e mal aproveitado. Que durou menos do que uma gestação alugada.

De repente ali estavam os dois, dormindo e acordando juntos, cozinhando com receitas aprendidas na TV, rindo e bagunçando os lençóis, sempre com uma pressa definitiva. Naquela felicidade insuportável, pouco importavam as crianças perdidas para famílias dispostas a pagar por elas ou as crianças mortas antes de existirem. Damiana já não conseguia mais definir se Joaquim era seu alívio ou sua rota de fuga.

Quando saíam, ele fazia questão de elaborar os programas. Levava-a ao cinema para ver filmes de comédia. Depois passeavam por feiras alternativas, compravam artesanato barato, amarravam pulseirinhas de palha nos punhos e prometiam ficar sempre juntos, de agora em diante, para compensar todos os anos desperdiçados sem tomarem conhecimento um do outro.

Joaquim sonhava com sua terra original, se arrependia por tê-la deixado. Fazia planos de alugar um ônibus para levar Damiana, a mãe de Damiana e todas as irmãs, mais o restante da família dele mesmo que sobrara de volta para um lugar onde o sol não baixava nunca, onde o mar tinha cor de esmeralda e o céu emendava na terra. Falava de forma tão apaixonada sobre sua gente, sobre os sorrisos que se abriam com o vento e nunca mais voltavam para o lugar, sobre um ar temperado de sal e suor, que Damiana apenas escutava, rindo daquele entusiasmo que beirava a loucura.

— Próximo São João a gente comemora lá, você vai ver — ele garantia. — Vamos acender uma fogueira e aí você vai ver o bicho pegar. Vou fazer um filho em você. Um filho de verdade, que você vai amar e vai ter como carregar.

Damiana não se entristecia por essas maquinações febris, mesmo que desconfiasse que não fossem se concretizar. Tinha uma distante noção de que Joaquim e seu espírito de andarilho, fabricante de soluções, eram muito diferentes dela e de seus acabrunhamentos, que não se desfaziam com beijos. Os dois vinham de pobrezas e sertões semelhantes, mas se dobraram ao tempo com substâncias distintas. O coração dele era forrado de ouro e otimismo, achava que a vida até podia ser difícil, mas no fim era um incrível passeio.

Ela, por outro lado, era *ela*. Revestida de um metal enferrujado que ressoava como um gongo e não brilhava. Não achava que a vida fosse grande coisa além de uma prova de resistência, com um ou outro intervalo de afeto.

Do afeto dele, não soube fugir. Nem diminuir o impacto. Não apenas aceitou o sentimento como o deixou crescer, isolando-se de todo o resto para poder apreciá-lo sem restrições. O que também foi uma forma de errar. Um dia, Joaquim estava lá, prometendo que partiriam em breve. No outro, deixou de estar.

Começou com a mão machucada. Quando ele chegou em casa mais tarde do que pretendia com um aborrecimento estranho, desnivelado, e as juntas das mãos coaguladas de sangue. Não adiantou que Damiana perguntasse. Ele não queria falar. Ela deixou de lado. Tinha um leve pressentimento de quem aquela mão havia golpeado. Gostou de imaginar, no auge de seu egoísmo, que talvez ela fosse o motivo.

Damiana devia ter percebido, ao viver cercada de tantos luxos, que eram precisamente os luxos que incomodavam Joaquim.

— Você não sabe o preço que pagou — ele gritava nas poucas vezes em que brigavam por uma ou outra besteira. — Você não tem a menor noção de nada.

— Me mostra. Se você é homem, me mostra que pessoa horrível eu sou — ela rebateu um dia, quando a briga ficou séria e os vizinhos ameaçaram chamar a polícia.

Então ele mostrou. Veio dirigindo o mesmo carro com o qual a levava para seus compromissos, embora não fosse mais, oficialmente, seu motorista particular. Moreno sabia que estavam juntos e não gostava da ideia, mas também não chegava a reprovar. O sócio nunca mais havia aparecido, no entanto estava em todas as discussões, em todos os lugares, com a onipresença do perigo mais verdadeiro. Em silêncio, Joaquim pediu que Damiana entrasse no carro, porque queria que ela visse uma coisa.

Curiosa, Damiana obedeceu. Àquela altura, estavam sem se falar fazia alguns dias e ela andava com saudade dele. Pensou que se reconciliariam em algum lugar bonito, como antes, e que fariam amor no banco de trás do carro, ouvindo os passarinhos matraquearem sobre o teto solar. Mas ele não disse nada, apenas a levou pelas avenidas largas até a W3 Sul, dirigindo com um silêncio que chegava a ser assustador. Estacionaram em frente a um conjunto de prédios de alvenaria baixos e desmantelados, com paredes descascadas e entradas em formato de arco, um lugar que ela nunca tinha visitado mas sabia ser parte de seu negócio.

A pousada que Moreno mantinha para lavar o dinheiro que ganhavam, um covil disfarçado de hospedagem barata, ficava à vista de todos. Saindo do carro, Joaquim pediu que ela entrasse. Que visse com os próprios olhos o que acontecia ali dentro. Porque a pousada não era nem mesmo um simulacro de hotel, tendo por dentro muito mais o aspecto de um cortiço. Os corredores cheiravam a leite azedo e cigarros. No balcão da recepção, abandonado às moscas, encontraram fichas cheias de nomes escritos a caneta. Nomes de mulheres.

Damiana não acreditou no que viu quando resolveu testar as portas que davam para quartos compartilhados e beliches atolados; depois se aventurou pela área comum, um pátio interno e pequeno, onde as moradoras penduravam roupa recém-lavada, comiam macarrão instantâneo em panelas de aço batido e costuravam suas lamúrias, todas doentes e chorosas. Algumas estavam grávidas, é claro, mas a maioria tinha um aspecto que ela conhecia bem: a palidez, a fraqueza inominável da entrega, os olhos sublinhados por bolsas e escurecidos de descrença. A deterioração de um corpo duplicado.

— Você sabe onde está o meu bebê? — perguntou uma das mulheres, uma jovem esquelética que com certeza tinha metade da idade que aparentava, com o rosto cheio de sulcos e marcas de espinhas. A camisola puída deixava entrever a imagem de seus peitos caídos e o esterno pontudo.

Não era a Damiana que ela dirigia a palavra desesperada.

Era a Joaquim, porque o conhecia.

Só então Damiana entendeu. A culpa que ele sentia, o amor que parecia tê-lo enchido de coragem para resistir. Compreendeu a amplitude do negócio sujo, imundo, do qual ela fazia parte, e por tanto tempo.

Tinha sim envolvido seu corpo, suas entranhas, vendido seu tempo, seus filhos, todas as coisas que eram impossíveis de vender. E só ali, cercada por mulheres pobres e cansadas, iletradas e perdidas, com ossos e peitos murchos à mostra, percebeu que nunca havia sujado as mãos.

31

Depois da visita à pousada, Damiana já não conseguia dormir. Aquilo tudo havia engatilhado um processo do qual ela dificilmente sairia ilesa. Passara horas ouvindo o relato das mulheres, que contavam histórias muito semelhantes, porque todas estiveram desesperadas, doentes ou à beira da morte. Algumas eram prostitutas, outras viciadas. Várias chegaram a morar nas ruas. Todas conheciam Moreno.

Ele que havia aparecido como um salvador, oferecendo a pousada como um luxo inédito, uma estalagem para fins de recuperação e recomeço, só cobrando delas que doassem o peso dos seus fracassos. Aqueles filhos que elas geravam no interlúdio de suas vidas em frangalhos, que não eram queridos nem desejados e que não teriam onde crescer.

Damiana encarou a verdade chocante de que mesmo desistindo da ideia no meio do caminho a maior parte perdia suas crianças. Pior ainda, muitas nem se davam conta dos desaparecimentos, confiantes de que o homem que levava os bebês estava apenas os pegando a título de empréstimo.

Devia ser mais rentável e lucrativo vender crianças que já existiam, Damiana concluiu. Lá naqueles países distantes havia mesmo muita gente disposta a pagar por adoções rápidas, revestidas de uma falsa sensação de legalidade por contar com a assinatura confusa de mães despedaçadas ou com a certidão de um funcionário corrupto do cartório. Muito mais rentável do que apostar em fabricar novas crianças.

Ela não sabia o que fazer. Como fazer. Quando decidiu, pensou que não conseguiria sem Joaquim. Precisava dele para seguir adiante, para ficar com o que sobrasse. Não importava o que restaria, eles saberiam reconstruir a vida. Desde que estivessem juntos.

Joaquim a visitou cerca de duas semanas depois, mas estava com um temperamento estranho e não conseguia encará-la nos olhos. Damiana o chamou para se sentar, servindo um café para disfarçar aquele desconforto, superar a barreira que havia se erguido entre os dois. Quando conseguiu falar, sua voz saiu quebradiça e embolada, quase um pigarro.

— Eu quero denunciar — disse. — Eu quero abandonar tudo e denunciar ele.

Tomando o café com os olhos pregados no fundo da xícara, como se ali dentro estivesse um segredo divertidíssimo, Joaquim riu um riso sarcástico.

— Você realmente não tem ideia de quem ele é, Damiana. Do que ele pode fazer com a sua família.

Damiana queria dizer que não tinha medo. Mas tinha.

— Podemos ir pra polícia. Procurar a Federal, fazer denúncia anônima, sei lá. Eles devem ter como prender ele, proteger a gente — sugeriu.

— Então você quer ser presa?

— Não me importo com cadeia, não.

— Isso é porque você nunca foi presa.

Damiana calou-se, espantada com aquele capítulo da vida insinuado nas entrelinhas.

— Já puxei cinco anos por assalto lá na Bahia. Eu tinha uns dezenove na época — ele explicou. — Coisa de moleque. Isso foi antes de vir para cá. A cadeia é horrível, Damiana. Ela muda a forma como você vê a vida. Quem é direito nunca mais quer voltar.

— Eu sei. Mas a gente tem que fazer alguma coisa.

— Você pode. Eu não. Me escuta, meu cheiro.

Acariciando as mãos de Damiana, finalmente parecendo o seu Joaquim, fez a proposta. Falou bem devagar, porque havia ensaiado. Explicou que a única coisa que ela poderia fazer para sobreviver era dar as costas para tudo, sem fazer caso do que havia descoberto e sem contar a ninguém. Acusando motivos de saúde, precisaria se afastar de Moreno. Nunca mais participaria de outro negócio e tentaria liquidar a sociedade. Com o tempo, o primo não desconfiaria de nada. Prazo em que o próprio Joaquim armaria sua deserção. Quando estivessem livres, poderiam se encontrar. Era só uma questão de paciência.

Damiana nem pensou na oferta. A ideia de conviver com mais aquele peso a horrorizava. Os seus próprios traumas e fraturas, afinal, podia superar. Mas não o que ele fazia com as outras mulheres. Deixar que aquele homem continuasse agindo como agia era errar da forma mais pesada.

— Minha consciência não aguenta isso — avisou. — Ou é tudo ou nada.

Ele fechou os olhos, esfregando o rosto, como se algo tivesse se quebrado ali dentro. Aquela seria a última imagem que Damiana guardaria dele. O retrato definitivo, torto e triste, de seu relacionamento. Com o sorriso escurecido, Joaquim não insistiu. Sabia o que era uma decisão.

— Eu me arrependo muito de ter te mostrado — ele sussurrou. Damiana demorou a entender que ele estava chorando. Lágrimas gordas de besouro escapando dos olhos mais gentis que havia conhecido.

— Você fez o certo — espantou-se. — Você é o homem *mais bom* que eu já conheci.

Talvez envergonhado pelas lágrimas que nunca saíam, porque não era próprio dele aparentar fraqueza assim, Joaquim arrastou a cadeira e se levantou.

— Deixa que eu resolvo isso, Damiana. Tudo bem? Não se envolva mais. Eu vou resolver. Me espere aqui — prometeu, antes de ir embora.

E acreditando que era assim simples, que era assim cômodo, deixou que ele fosse.

Quando Joaquim desapareceu, Damiana não percebeu de pronto. Começou a procurá-lo, as ligações caindo na caixa de mensagens, mas acreditava de forma ingênua que ele estava apenas bravo com ela por não ter aceitado sua primeira oferta. Bravo como às vezes ficava, se emburrando num canto, embolotado nas cobertas. Amava-o tanto, com tanta força, que nem enxergava o silêncio de Joaquim como sinal de agouro, ansiosa pelo momento em que se reencontrariam e usaria o otimismo dele, aquela qualidade maior de nunca abraçar a escuridão, para superar todo o resto. Sentia que ia dar certo. Ele disse que resolveria, não foi?

Mas não o encontrou em lugar algum. Só então a sensação de que alguma coisa estava errada começou a assombrá-la. Quando a ausência começou a crescer e fazer barulho, decidiu pegar um ônibus e ir procurá-lo em casa. Ele morava em um pequeno prédio de quitinetes de Taguatinga, em uma avenida comercial barulhenta e movimentada. Depois de passar sem grandes dificuldades pelo portão, subiu os três lances de escada que levavam ao andar dele. Com exceção de algumas crianças brincando no pátio interno, tudo estava silencioso e quieto.

A porta do apartamento estava trancada. Damiana caminhou pelo corredor por alguns minutos, indecisa, como se esperasse que ela fosse se abrir magicamente. Curiosa, espremeu o rosto contra a janela suja da quitinete, tentando enxergar alguma coisa lá dentro. Não viu nada relevante. Parou um pouco, esfregou os olhos, tentou de novo. Foi então que finalmente percebeu algo na meia-luz do interior. Em cima da cama, perfeitamente alinhados, estavam os sapatos e a roupa que ele costumava usar, ainda no cabide, tudo pronto para o momento de sair. Alguma coisa naquela arrumação, tão própria dele, fez com que ela finalmente entendesse. Não precisou inquirir os vizinhos, não precisou perguntar a mais ninguém.

Deu-se conta de que nunca mais o veria quando vislumbrou o fantasma de seus hábitos em cima do colchão barato. Lembrou-se do jeito como sempre aprontava a roupa e passava as camisas a ferro. Antes de ir trabalhar, antes de levá-la para sair. *Você acha que vou sair com uma gata dessas mulambo desse jeito? De jeito nenhum. Não gosto de andar desarrumado*, costumava brincar quando ela o provocava pelo excesso de vaidade. Damiana permaneceu por alguns minutos com o rosto colado ao vidro, esperando vê-lo sair do banho com a toalha enrolada na cintura, como tantas vezes o tinha visto sair, para cumprir seu ritual de arrumação. Engomar a roupa, passar o pente nos cabelos, fazer a barba. Rezou para que ele surgisse do banheiro, para que a flagrasse ali e risse da sua preocupação.

Eu te falei para me esperar, não falei?

Mas ele não saiu, e naquela mesma tarde Damiana procurou Moreno, decidida a descobrir o que estava acontecendo.

— Ele voltou para a Bahia — o mentiroso falou. — Achei que tivesse se despedido de você.

Mas Damiana sabia que ele não tinha voltado. Sabia que Joaquim jamais voltaria para a terra mágica de seus sonhos sem ela, sem o ônibus fretado para todos os seus corações e sem companhia para resgatar uma memória coletiva. Sabia que ele era um homem bom, que não esquecia os sapatos, nem as camisas passadas, para viajar com a mala vazia e os afetos no bolso. Joaquim jamais iria embora sem ela, e era inadmissível que alguém pensasse isso.

Quando soube que o amor de sua vida estava morto, mas não como, só então Damiana aprendeu o que era sofrer de verdade. Havia se permitido um erro, apenas um erro, e ele a destruíra. Chorou tanto e com tamanho desespero que sua cabeça parecia inchada, disforme e prestes a arrebentar de horror. Chorou de dor, mas também de culpa. Quando terminou de chorar, caminhou até a rua, pegou um táxi e ordenou ao motorista que se dirigisse à delegacia mais próxima. Tinha uma denúncia para fazer.

32

Anderson Moreno confessou em juízo ter matado Joaquim com um tiro na cabeça, escondendo o corpo em sua chácara. Explicou calmamente aos policiais a exata localização. A ossada foi encontrada com facilidade pelos cães farejadores, em estado de semidecomposição. Quanto às mulheres na pousada, foi aberto um inquérito à parte, liderado pela Polícia Federal, na divisão especial de tráfico de pessoas. A Secretaria de Assistência Social do Distrito Federal e o juizado de menores foram envolvidos, mas quase nenhuma das vítimas conseguiu ter seu bebê de volta.

Ao contrário do que se esperava, Moreno jamais resistiu à prisão ou negou as acusações. Motivado pela proporção do escândalo, adotou a estratégia de se colocar em evidência, contrariando os conselhos de seus advogados. Durante o processo, que correu com inesperada celeridade, aparecia no tribunal alinhado como sempre, o terno limpo e engomado, respondendo às perguntas com eloquência, e ficou conhecido pelo gesto de erguer o dedo mindinho sempre que procurava se justificar. Não parecia ter medo da Justiça. Enquanto explicava o contexto de seus crimes, inclinando a cabeça e falando pausadamente, agia como se fosse apenas um homem de negócios interpelado por um obstáculo infeliz. Jamais demonstrou remorso. O que sentia, na verdade, era *orgulho*.

Para construir a própria linha de defesa, apostando em redução da pena e compreensão do público, Moreno investiu na simpatia. Já no presídio, em confinamento provisório, recebeu a visita de um repórter do *Correio Braziliense*, a quem contou toda a sua história, num depoimento que mais tarde repetiria várias vezes. Tudo começou nos anos 1980, relatou, quando trabalhava como técnico de enfermagem na maternidade do Hospital Regional da Asa Norte, onde se firmara o embrião de suas ideias. No hospital, via todos os dias meninas, praticamente crianças, dando à luz. Meninas que brincavam de boneca enquanto amamentavam o próprio filho no peito. Também era frequente encontrar mulheres devastadas por crianças que não vingavam. Seu cotidiano era repleto de nascimentos, e alguns pareciam de fato injustos.

Um dia, encontrou uma senhora de cabelos desgrenhados no andar da UTI neonatal. Ela vestia um jaleco embora não trabalhasse ali, e disso ele tinha certeza. Como se pega em flagrante, a mulher saiu correndo com o pânico instalado nos dentes assim que o viu. Exalava o cheiro forte dos culpados. Parecia ter dinheiro, a julgar pela roupa e pelos sapatos que usava, as orelhas brilhando com um penduricalho de ouro. Moreno ficou intrigado com o que ela pretendia fazer disfarçada daquele jeito. Talvez tenha sido o momento em que concebeu sua maior oportunidade de negócio. Existia muita gente com fome de filho. E ele sabia onde conseguir mulheres.

Muito depois de recrutar suas barrigas de aluguel e realizar os primeiros contatos que permitiriam que o negócio triunfasse, entretanto, percebeu que precisava também de um estoque. Mercadoria em pronta-entrega, para quem tivesse pressa, e conseguiu a parceria de um funcionário de um cartório de Santo Antônio do Descoberto. O homem, que fugiu do país e nunca foi preso, era o responsável por emitir certidões de nascimento alteradas e o termo de doação voluntária assinado pelas mães devastadas que Moreno conquistava com sua conversa mole.

Ele tinha seus locais preferidos de busca: a porta dos abrigos e os viadutos, onde sempre encontrava um esqueleto grávido e faminto. Aproximava-se das mulheres com uma gentileza que elas não conheciam fazia anos. Imaginava estar prestando um serviço público, uma boa ação genuína, porque providenciava futuro para crianças que jamais teriam um. Foi o que alegou no tribunal, ao ser questionado pela promotoria, em frente a um júri horrorizado.

— Existe um·desequilíbrio no mundo — justificou, tirando os óculos para limpar a lente na camisa. — Pobre tem filho porque não tem informação. Rico tem informação, mas espera demais. Quem sofre, nesse processo, são essas crianças que alimentam a desigualdade do país. Vocês preferiam que eu deixasse aqueles bebês passando fome? Eles estão bem. Um dia ainda vão me agradecer.

Moreno era mesmo um homem articulado, inteligente, e houve até quem o defendesse. Foi sentenciado a trinta e quatro anos de prisão e cumpriu dez. Hoje pode ser encontrado na Chapada Diamantina, onde nasceu e voltou a morar. Frequenta a igreja, faz aula de pintura on-line e cria cachorros de raça. Casou-se uma vez, com uma mulher, e se divorciou cinco anos depois.

Não teve filhos.

Mas Damiana nunca quis saber dos detalhes. Não importavam mais. Relegada a um regime de autopenitência, confiante de que a dor sairia um pouquinho por vez desde que se mantivesse dedicada ao silêncio, cumpriu sua própria pena no presídio feminino distrital, um conglomerado de prédios baixos, lotados, que ganhava o simpático apelido de Colmeia e tinha nas janelas suas milhares de abelhas confinadas.

Ela foi presa em abril de 1999. Deixou a cadeia em regime condicional três anos depois, por bom comportamento e graças ao acordo de denúncia. Durante o confinamento só permitia as visitas da mãe e das irmãs, com quem trocava poucas palavras. *Não é ruim aqui*, garantia a elas, para que sossegassem. *Nunca mais a vida vai ser boa de novo*, pensava secretamente.

Muitos jornalistas a procuraram, é claro, quando as notícias estouraram. O caso ficou conhecido como *Máfia da barriga de aluguel* e as imagens das mulheres sendo levadas da pousada, amparadas por policiais e paramédicos, foram as mais emblemáticas. Todos os jornais do país cobriram o assunto exaustivamente, buscando pelo paradeiro dos bebês enviados ao exterior, sem nunca encontrá-los.

Muitos documentaristas e diretores de cinema ávidos por ouvir Damiana enviaram solicitações de visita e cartas ao presídio, recusadas e jogadas no lixo sem serem abertas. Essa poderia ser a história a marcar o fim dos anos 1990 e o começo do novo milênio se Damiana tivesse falado. Mas os holofotes logo desistiram de procurá-la, todos os envolvidos estavam presos, as crianças não foram devolvidas. De repente, o assunto foi esfriando, morrendo na masmorra das histórias que já não são novidade. O inquérito para rastrear as adoções ilegais acabou arquivado, o mundo tinha escândalos de sobra para serem perseguidos.

— Lamentamos muito — avisou o delegado da Polícia Federal que chefiava a investigação. — Não temos mais condições de continuar.

Damiana, por sua vez, dedicou-se a continuar existindo, embora a sensação fosse de ter morrido. No presídio, era vista como enigmática e de pouca conversa, mas não chegava a ter nenhuma inimizade. Mesmo que não a respeitassem, ou não ignorassem sua história de todo, ao menos a deixavam em paz. Ela cultivava um amor que nunca mais existiria, prometendo a si mesma que aquela vida um dia seria compensada. Um dia talvez fizesse alguma coisa boa para alguém, e de repente todas as falhas, todas as suas monstruosidades, seriam atenuadas.

Quando ainda estava na cadeia, calhou de sentir uma fisgada de curiosidade diferente por um dos envelopes que recebeu. Quase o jogou no lixo como os outros, mas estranhou o peso do papel e o carimbo internacional, que indicavam correspondência gringa. Quando abriu, viu que ele só trazia uma foto, o retrato de um menino de cabelos pretos encaracolados, olhos apertados e um ar de irresistível felicidade, como só as crianças inocentes têm. O menino vestia um uniforme escolar vistoso, colete de tricô cor de vinho, camisa branca de manga curta e gravata, e a legenda escrita em inglês no pé do retrato Damiana jamais seria capaz de decifrar, embora trouxesse um nome conhecido. David, que se pronunciava *Deividi*.

Muito obrigada, dizia o recado em garranchos, escrito às pressas no verso da foto.

Damiana voltou a admirar o garoto, demorando-se nas bochechas luminosas e no sorriso aberto e inconfundível. Um sorriso de dentes irregulares, de incisos encavalados e desobedientes, que um dia seriam corrigidos à força pelos melhores dentistas. Ela riu, com seu próprio sorriso torto. Era a primeira vez, em muito tempo, que acontecia de rir, ainda que fosse um riso tímido. Sem se demorar mais no rosto delicado, jogou a foto no lixo.

Se existia um Deus, talvez ele nunca a perdoasse, ela achava.

Mas eu a perdoei.

33

Meu nome é Gabriela Lopes Suertegaray, nascida em Brasília em 5 de dezembro de 1994, mas levada para viver em San Miguel, na Argentina, duas semanas depois. Sou a filha desejada e amada de dois homens, Arthur Lopes e Franz Suertegaray, que me quiseram e me planejaram desesperadamente. Tenho pelos meus pais o maior amor e a maior devoção do mundo. Não é para machucá-los que fiz isso, e eles sabem.

Vivi uma infância leve e sem prejuízo de grandes ausências. Nunca senti falta de uma mãe, como às vezes não se sente falta do que não se conhece, mas quando soube que ela existia, senti curiosidade de adivinhar seu rosto, saber suas ideias, me justificar no mundo. Havia uma família perfeitamente possível e adorada para mim ali, é claro, mas havia também um pedaço de mim perdido e era impossível não pensar nisso. A curiosidade se tornou uma janela de frustrações para onde eu sempre me voltava quando ficava melancólica.

Meus pais nunca esconderam a verdade, ou pelo menos a síntese dela: a de que eu fui fabricada e entregue de bom grado por uma moça que morava muito longe, alguém que não podia ficar comigo. Prometeram complementar a história com dados e fatos quando eu estivesse pronta. Assim que descobri que minha mãe estava no Brasil, logo decidi que viajaria para cá um dia. Então me dediquei a reforçar o português, essa língua maravilhosa que encontra palavras para os mínimos significados. A facilidade com a qual aprendi o idioma me fazia achar que eu era brasileira por inteiro, e não apenas pela metade. Como se apenas por conseguir falar a língua de um lugar eu pertencesse a ele.

Por muito tempo, mesmo depois de começar a viver em São Paulo, eu ainda imaginava minha mãe como uma mulher moderna e ocupada, que renunciara à maternidade pela própria carreira. Uma mulher como eu. Alguém com quem meu pai Arthur, sempre tão sério, tivesse tido um caso rápido na juventude. Pensei que fosse fruto de um acidente sexual e que meu pai, após ser perdoado por Pepe, me levara à Argentina para viver com eles. Era uma fantasia ingênua, e eu era a única que acreditava nela.

Ainda me lembro muito bem de quando voltei para casa, no ano que marcou a grande revelação. Fim de dezembro, uma noite de Natal, com rabanadas polvilhadas de açúcar e muito vinho para aquecer. Eles acharam que eu finalmente estava pronta, depois de quatro anos já completamente adulta e empregada. Não pedi, mas eles me trouxeram uma pasta preta com documentos após o jantar, o rosto preocupado e cerimonioso. Era um dossiê de mim mesma.

O nome de Damiana, de Anderson Moreno, a prova de toda a negociação, uma cópia em carbono do recibo preenchido. Naquela noite fiquei sabendo até mesmo quanto custei.

Feliz navidad, Gabriela.

Meus pais não sabiam, até então, que ela tinha sido presa. Que todo o esquema havia sido desarticulado com um escândalo sem fronteiras. Pairavam numa santa ignorância, sem temer uma conexão que fosse, sabendo-se inocentes de qualquer forma, porque tudo o que sempre desejaram foi uma criança, uma linda menina ou menino, e aquele contato feito na surdina em outro país fora fruto de um mau conselho. Um amigo brasileiro tinha aberto o canal, que permanecera por tantos anos fechado até que eu me aventurasse em reabri-lo.

Com o dossiê em mãos, eu não sabia a hora certa de me aproximar. Nem como fazer aquilo. Logo descobri que Damiana estava viva e livre e soube como chegar até ela, mas tive medo. Ainda não queria saber quem era aquela mulher. Ou mesmo se deveria saber. A vida me distraiu e a pasta preta foi parar no fundo do armário. Fui me descobrindo de formas diferentes, virei uma repórter competente, me senti bem na pele em que escolhi viver. Desejei mesmo espantar aquele fantasma sem remexer nas moscas. Esse é o grande problema das obsessões, no entanto. Elas gostam de carne viva e nunca dormem. Nem mesmo quando a gente é feliz.

Eu estava feliz com Lucas. E acho que agora, finalmente, estou aprendendo a ser feliz sem ele. Voltamos a nos falar com frequência, embora não estejamos juntos, e acredito que um dia também falaremos sobre tudo o que aconteceu. Não esqueci nada, mas já processei. Levei muito tempo para entender que o meu maior mecanismo de defesa sempre foi machucar a mim mesma, e agora estou tentando parar de fazer com que tudo doa mais do que é preciso doer.

Eu soube desde o primeiro segundo que não levaria a minha gestação adiante. Nem acreditava que tivesse algo ali dentro. Por três anos, o DIU era meu fiel companheiro de contracepção, e tinham me vendido a propaganda de que era um método infalível. Depois da visita ao consultório da minha ginecologista, aquela médica tão próxima a ponto de receber um pronome possessivo, descobri o motivo do acidente. O maldito anzol havia se deslocado. Como um soldado traidor, abandonara as trincheiras quando eu mais precisara dele. Depois que a médica tirou o dispositivo — agora que eu não iria mesmo precisar — segurei o braço dela forte e, com os olhos ardendo de humilhação, implorei que me ajudasse a resolver aquilo. Mas ela fingiu que não estava ouvindo e começou a anotar no receituário uma indicação de ácido fólico e o contato de um excelente obstetra. Me senti traída pela segunda vez, ali sentada na cadeira, observando o rosto daquela senhora que conhecia meus pontos mais íntimos.

— Logo você vai se acostumar com a ideia, Gabriela. E vai ser ótimo, você vai ver — ela disse, ao se despedir. — Filhos são uma bênção.

Joguei o contato do obstetra no lixo, porque estava decidida. Eu não tinha mãe e não queria ser mãe. Não havia espaço nem condições mentais para sustentar uma criança que não tinha sido feita de amor. Peregrinei por muitos consultórios, apenas para ouvir reprimendas e discursos vazios. O único médico que me compreendeu foi o que executou o derradeiro primeiro ultrassom, que só fiz para acreditar que tinha algo crescendo dentro de mim. Passei o exame inteiro encarando o teto, atordoada com aquela realidade. *Se eu fosse você, fazia logo*, o médico sussurrou, tirando as luvas e as jogando no lixo assim que a enfermeira saiu da sala. *Ainda está do tamanho de um caroço de feijão.*

Um caroço de feijão. Aquela imagem tão gráfica me injetou a coragem de que eu precisava para buscar um jeito de expulsá-lo de mim. É claro que a hipótese mais razoável seria fazer isso em casa, no meu país, teoricamente mais progressista, onde os meios eram agora acessíveis. Mas eu não conseguiria pisar na Argentina sem dizer aos meus pais o que estava acontecendo. E eu não queria, por algum motivo, que eles me ajudassem. Parecia um problema que eu mesma precisava resolver. Eu que tinha causado tudo aquilo.

Então a moça invisível apareceu no meu caminho, como uma santa oferecendo compreensão. Quando confirmei que estava pronta para agir, ela entregou os remédios na portaria do meu prédio em um embrulho simples. Dez minutos depois de avisar que tinha saído, desci correndo e peguei o pacote com o porteiro. A moça invisível me acompanhou durante todo o processo, disse que estaria ali do outro lado do telefone e que tudo ficaria bem. Eu só precisava seguir as orientações direitinho.

Eram dois comprimidos. Eu precisava tomar um e, quando começassem as cólicas mais fortes, cerca de seis horas depois, deveria tomar o outro. De preferência, era melhor que acampasse no banheiro, porque as coisas poderiam ficar intensas, e recomendou levar um estoque de toalhas para quando o sangramento começasse. Era fundamental ter alguém junto, porque precisaria correr ao hospital se sangrasse demais. Eu disse para a moça invisível que estava sozinha. Que não tinha ninguém. Ela repetiu que estaria ali comigo, e fiquei me perguntando que tipo de solidariedade com estranhas era aquela, tão grande e nobre, tão ausente de egoísmo; parecia até um tipo de amor.

Depois que o primeiro comprimido fez efeito, como a moça invisível disse que faria, achei que fosse morrer. Um calombo rígido se formava dentro da barriga, espremendo minhas costelas na pior cólica da história das cólicas. Sentada no chão, pálida e trêmula, a todo momento eu conferia as toalhas posicionadas embaixo do vestido, esperando ver um rio de sangue começando a jorrar. Mas permaneci seca por longas horas. Quando comecei a sangrar, urrei de dor, enfiando um pano na boca para os vizinhos não ouvirem. E mesmo ali, deitada no chão com todo o meu estoque de toalhas entre as pernas para conter o sangramento, eu não me arrependi. Na verdade, só senti alívio e talvez uma pequena tristeza por ter que fazer aquilo de um jeito tão indigno, tão mesquinho, e de flertar com a morte com a cara enterrada nos azulejos de um banheiro.

A recuperação foi rápida e voltei a trabalhar uma semana depois. Fingi que tinha sido acometida por uma infecção urinária muito forte. As pessoas vinham me perguntar se eu estava bem, e a minha palidez, somada às olheiras profundas de quem já não sabia mais como dormir, completava a mentira. Não contei para ninguém sobre o procedimento, nem mesmo para minhas amigas, e é só aqui, no fim desta história, que consigo me revelar por completo. Não sinto mais vergonha.

Volto a reforçar que nunca me arrependi, e a culpa que senti foi completamente involuntária. Procurar Damiana foi parte de uma vontade de aliviar essa culpa, esse substantivo tão feminino, tão próprio da mulher. No primeiro sábado depois da minha recuperação, remexi no armário até encontrar a pasta preta e tracei febrilmente o plano de me aproximar dela, uma urgência que era fruto dos acontecimentos recentes, mas também da minha necessidade de fugir. Pensei em usar a proposta de uma reportagem biográfica como uma fachada suculenta. Isso permitiria que eu me escondesse, ao mesmo tempo que poderia ter uma visão completa e imparcial de quem era ela. Mas a verdade é que eu não estava mais curiosa. Não como antes.

O que eu queria era conhecer a mulher que também não havia desejado ser mãe. Minha mãe.

Depois de ter a ideia formada, fiz contato com editoras, inscrevi a proposta em editais e tentei convencer meu chefe a me conceder férias remuneradas justo quando o jornalismo morria e as redações eram sucateadas. Eu fazia de conta que nada daquilo que propunha tinha a ver comigo, aquela biografia inédita. Mas a ideia não colava. Ninguém queria saber sobre uma velha que, anos atrás, tinha sido barriga de aluguel e pivô de um escândalo. Faltava um gancho, uma conexão com a realidade áspera da tecnologia, que tanto distanciava fingindo aproximar. Faltava a intimidade. Foi só quando contei a verdade que acharam interessante a proposta do meu livro.

Nossa. Sinto muito. Isso pode vender.

Com os recursos garantidos viajei até Brasília, a capital do meu novo país e minha cidade natal, que eu nunca me permitira conhecer. De lá, em um quarto alugado por aplicativo, travei contato pela primeira vez com Damiana. Era arriscado tentar isso só agora, depois de mentir para meio mundo que tinha a personagem nas mãos. Mas o que eu podia fazer? Eu sou um pouco ousada, para não dizer prepotente. Estava convencida de que conseguiria.

Minhas mãos tremiam e ao digitar precisei colocar o celular no viva-voz, amparado na cabeceira da cama. Curvada sobre a tela ouvi pela primeira vez a voz da minha genitora: rascante, como a dos fumantes, e engrossada pelo tempo. Eu tinha ensaiado exatamente o que dizer, sem me revelar.

— Quero apenas contar sua história — anunciei, depois de uma introdução objetiva e educada.

— Eu não falo sobre essas coisas — ela disse, após quase um minuto em silêncio.

— Eu sei que não. Mas prometo que não vou escrever nada que te desagrade.

— Já faz muito tempo.

— Justamente.

A negociação não foi mais longa que isso. Foi até fácil, para meu alívio. Talvez uma coisa da velhice. Uma solidão que levava à necessidade de contar a própria história. E Damiana nunca havia contado a dela. De alguma forma, eu estava bastante habituada a personagens com experiência de vida, porque eram os melhores em se narrar. Só precisavam de alguém que soubesse ouvir.

Quando cheguei à fazenda, o coração palpitando, eu ainda não acreditava que estava fazendo aquilo. Damiana veio me receber com as mãos na boca e quase desmoronei, eu juro. Mas a impessoalidade era meu forte. Minha maior qualidade, o distanciamento, a racionalidade prática e formal. Talvez tenha herdado isso dela, afinal.

Eu não me pareço com ela, no geral, exceto talvez pelo cabelo cacheado e o formato dos olhos. Os meus também são amendoados e escuros. Mas minha pele é leitosa e sardenta, muito mais sem graça, e eu sou alta e desengonçada, enquanto ela, encolhida e pequena, tem a elegância de um passarinho.

Durante o tempo que passamos juntas, e mesmo nas ligações esporádicas feitas posteriormente, logo percebi que não havia nada lá. Nada especial, quero dizer. No fim das contas eu era apenas uma narradora, uma jornalista, não havia nenhum sentimento, nenhuma grande revelação que me trouxesse lágrimas e fizesse o DNA saltar aos olhos; entendi que meus pais eram meus pais e Damiana não fazia parte de nossa família. De alguma forma, essa conclusão me trouxe ainda mais alívio e também um pouco de dor. Eu jamais teria uma mãe. E estava tudo bem, porque não precisava de uma.

É incrível quão longe nossas jornadas pessoais podem nos levar, mesmo que não cheguemos a lugar algum.

Eu já estava decidida a não contar para Damiana quem eu era. Antes, no caminho até a fazenda, tinha certeza de que era preciso. Que seria antiético não proceder assim. Imaginei que, quando descobrisse, ela pudesse se sentir enganada, ou mesmo que me processasse pela omissão. Depois, perdi a vontade. E a coragem. Permanecer anônima, amiga e bem-vinda era sedutor demais, e imaginei publicar o livro também sob anonimato, escrevendo como se fosse outra pessoa, para que nunca soubessem o que eu também tinha feito de ruim. Deixei a solução final desse embate para o último minuto, quando havia empacotado as coisas e estava prestes a me despedir da primeira fase de entrevistas.

Mas eu não havia atravessado tantas fronteiras, nem questionado meus pais e a mim mesma, para ser seduzida pelo caminho mais fácil. Eu precisava fazer o que era certo, o que era justo, e permitir que aquilo também fosse minha vida, e não apenas a dela.

— Preciso te contar uma coisa — eu disse então, quase explodindo de ansiedade.

Ela me olhou com o rosto tomado pela serenidade, calmo como uma manhã, sem nenhuma sombra de expectativa, como só pode ser a fisionomia dos que não desconhecem os mistérios da vida. E gargalhou abertamente do meu desconforto, mesmo que não gostasse de mostrar os dentes tortos e apodrecidos. Demorei, desconcertada e pálida, a captar o sentido da graça.

— Eu sei de tudo — ela explicou.

Só então entendi que não era por acaso que ela havia aceitado tão docilmente se revelar; eu não havia sido escolhida para ser porta-voz da sua história por uma afinidade imediata e por minhas gigantescas habilidades de escrita e persuasão. Mesmo que, com o meu ego inflado, eu acreditasse nisso. A verdade era bem diferente.

Eu queria conhecê-la tanto quanto o contrário.

— Você é uma moça boa — ela sussurrou, com os olhos úmidos. — Muito bonita e inteligente.

Não nos abraçamos. Nem mesmo trocamos um aperto de mão. Apenas nos olhamos. Longamente e sem ressentimentos.

— Você sabia o tempo todo?

Ela assentiu com a cabeça, devagar. Explicou que meus pais haviam procurado por ela, como eu também procurei, e entrado em contato assim que souberam que eu estava disposta a encontrá-la. Para preveni-la do choque de me ver. Para lhe dar o benefício de fugir.

— Eles te amam muito. Você tinha era que saber disso — Damiana explicou, me dando palmadinhas no braço. — Eles te criaram bem. Fizeram um trabalho muito bom.

Eu não conseguia abrir a boca.

— Eles dois são a sua família, *fia* — ela acrescentou, com delicadeza.

Eu me lembrei, então, de quando era apenas uma menina solitária no interior da Argentina. Nossa casa tinha um muro baixo que dava para um campo de futebol onde, aos sábados, alguns meninos se encontravam para soltar pipas. Eu passava horas olhando para o jeito como eles se divertiam, manobrando o carretel de linha e berrando uns com os outros. Um dia tomei coragem e atravessei o portão ao encontro deles. Apontei para o céu azul sem nuvens, recortado de losangos dançantes, pedindo para brincar também. Meus pais assistiam a tudo do jardim, mas eu não sabia. Eles viram, portanto, quando os meninos zombaram de mim e me empurraram, indo embora com o peito empinado e orgulhoso de quem não admitia intrusas.

Sem mencionar o episódio, meus pais deixaram que eu voltasse para casa sozinha e calada, eu e a minha humilhação, porque sabiam que falar alguma coisa só me faria pior. Mas, no dia seguinte, apareceram com uma pipa — um exemplar espalhafatoso de cauda roxa, que apelidaram de Madonna. Gritando e sorrindo, eles me ensinaram a empinar a Madonna naquela mesma tarde, mesmo que não soubessem muito bem como segurar o carretel, nem como domar o vento. Eles me ensinaram tudo o que eu sei.

— São mesmo — respondi a Damiana, me dando conta de como tínhamos sorte. De como sempre tive sorte.

Eu nunca estive sozinha.

Agradecimentos

Devo muitos agradecimentos por contar as minhas histórias, e com esta não é diferente. Em primeiro lugar, a todas as mulheres da minha família, que inspiraram Damiana e Gabriela, e às incontáveis organizações femininas que providenciam acolhimento nos bastidores. À minha agente, Anna Luiza Cardoso, pela dedicação em orientar e divulgar meu trabalho. À minha editora, Luara França, que me ajudou a transformar o livro no melhor que ele podia ser. Agradeço também à amiga Paloma Suertegaray, que gentilmente me emprestou seu sobrenome, e ao querido Raphael Montes, por tudo.

Por fim, agradeço à minha comparsa Mariana Vieira, por ter lido este livro (e todos os outros) primeiro. Desculpe pelo título!

ESTA OBRA FOI COMPOSTA PELA ABREU'S SYSTEM EM ADOBE GARAMOND
E IMPRESSA EM OFSETE PELA GRÁFICA BARTIRA SOBRE PAPEL PÓLEN BOLD
DA SUZANO S.A. PARA A EDITORA SCHWARCZ EM FEVEREIRO DE 2023

A marca FSC® é a garantia de que a madeira utilizada na fabricação do papel deste livro provém de florestas que foram gerenciadas de maneira ambientalmente correta, socialmente justa e economicamente viável, além de outras fontes de origem controlada.